天地外國經典文庫

Shakespeare's Sonnets

莎士比亞十四行詩集

[英] 威廉・莎士比亞 著
William Shakespeare

馬海甸 譯

總序

多元化是香港文化的特徵之一，作為中西文化的薈萃之地，香港文化人手中的讀物，既有四書五經、唐詩宋詞、胡適陳寅恪，也有聖經和莎士比亞、培根和狄更斯。香港文化發展史，其中必不可少的一部份內容就是文化交流史。所謂文化交流，於香港人而言，就是研究和介紹由外國先進思想衍生的普世價值，以及各國的優秀文學作品，作為發展香港文化的借鑒。用著名學者錢鍾書先生的話來說，就是「東海西海，心理攸同；南學北學，道術未裂。」[1] 翻譯家傅雷先生在〈翻譯經驗點滴〉一文中說：「中國人的思想方式和西方人的距離多麼遠。他們喜歡抽象，長於分析；我們喜歡具體，長於綜合。」[2] 可見，同為人類，中國人和西人「心理攸同」；作為不同人種，他們的思維方式各有短長。香港各大學設英國語言文學系、翻譯系、比較文學系，文學院有歐洲和日本研究專業，目的就在於此。在這方面，香港有着足以驕人的成就。茲舉一例。有學者考證，俄國大作家列夫·托爾斯泰最早的中譯本《托氏宗教小說》就是香港禮賢會出版的（時在清光緒三十三年即一九零七年），以此為嚆矢，托爾斯泰的各種著作以後呈扇形輻射到全國各地，被大量迻譯成中文出版，對我國文學界和思想界產生了深遠的影響。[3] 再舉一例，上世紀六、七十年代，香港今日世界出版社聘請了多位著名翻譯家、作家和詩人如張愛玲、余光中、劉以鬯、林以亮、湯新楣、董橋，迻譯了一批美國文學名著，其中包括《美國詩選》《老人與海》《湖濱散記》《人間樂園》等書，到九十年代，這一批書籍已成為名譯，由內地出版社重新印行，對後生學子可謂深致裨益。

本經典文庫的第一和第二輯書目共二十冊。所謂經典，即傳統的權威性著作。它們有別於坊間流行的通俗讀物，以深刻、恢宏、精警見稱，在文學史、哲學史、思想史上具有崇高的地位，古今俱備，題材多樣。作為西方現代派文學的鼻祖，奧國作家卡夫卡的短篇小說《變形記》荒誕離奇，寓意深刻，揭示了社會中的各種異化現象。英國女作家伍爾夫的長篇小說《到燈塔去》以描寫人物的內心世界見長，她是最早運用「意識流」手法進行小說創作的作家之一，語言富有詩意。法國作家加繆的小說《鼠疫》《局外人》，是冶文學和哲理於一爐的存在主義名著，與同為存在主義作家的薩特齊名，在上世紀五十年代中亦因此而獲得諾貝爾文學獎。文庫還收有短篇小說集《都柏林人》（愛爾蘭小說家喬伊斯）及《最後一片葉子》（美國小說家歐．亨利），前者由傳統走向革新，更以代表作、意識流長篇小說《尤利西斯》奠下現代派文學的基礎。歐．亨利以堅持傳統的寫作手法而被稱為美國短篇小說的創始人。希臘哲學家柏拉圖的《對話集》，既是哲學名著，也在美學史佔有重要地位，在散文史上開了論辯文學之先河。英國作家奧威爾的小說《動物農場》，與他的《一九八四》同為寓言體諷刺小說的名著，在當今文學史上享有盛名。意大利作家亞米契斯的兒童文學作品《愛的教育》，早在上世紀初就由民初作家夏丏尊從日譯轉譯為中文，是當時傳誦一時的日記體文學作品，夏氏是我國新文學史上優秀的散文作家，譯文暢達，是以初版迄今，在兩岸三地屢屢重版。英國小說家毛姆的長篇小說《月亮和六便士》，以法國印象派畫家高庚為原型，它刻劃的人物人情練達，冰雪聰明，筆致輕鬆流麗，幽默感人。而這位作家的另一部小說《面紗》，雖非他最著名的作品，但有一點值得注意，這是以香港為背景的經典名著，而且在二零零七年經荷里活改編為電影（譯名《愛在遙遠的附近》）。英國小說家赫胥黎的長篇小說《美麗新世界》，與奧威爾的《一九八四》、俄國作家扎米亞金的《我們》，被譽為文學史上三部最有名的反烏托邦小說。美國小說家海明威的中篇小說《老人與海》，因「精通敘事藝術以及對當代風格的有力影響」而獲得一九五四年諾貝爾文學獎。本輯還收有同一作家上世紀長居巴黎時構思的特寫集《流動的盛宴》，兩書體裁雖略有不同，但都表現了海明威含蓄凝練、搖曳生姿的散文風格。兩輯收入風格迥然不同的兩位日本作家的作品，太宰治被譽為「日本毀滅型私小說家」的代表人物；永井荷風則與川端康成、谷崎潤一郎等唯美派大作家齊名。第二輯新增兩部詩集，其一為《莎士比亞十四行詩集》，其二為《泰戈爾散文詩選集》。前者是西洋詩歌史上最深宏博大的十四行詩集；後者雖然詩制精悍短小，但給予中國早期新詩的影響卻不容小覷，我們可以從胡適、徐志摩、冰心等人的小詩中窺見他的影響。

由於歷史和語言的原因，香港的文化交流存在一定局限性，未能臻於全面。它較集中於英美和日本，其他地域文化如古希臘羅馬、印度、德、法、意、西班牙、俄羅斯乃至拉丁美洲則較少為有關人士顧及。顯然，這不利於開拓香港學子的視野，對他們的思想深度也有所影響。有見及此，我們與相關專家會商，擬定出一套外國經典文庫書目，經資深翻譯家新譯或重訂舊譯，向讀者推出一系列包括文學、哲學、思想、人文科學的經典譯著，分為若干輯次第出版。藉以供香港讀者重溫他們所諳熟的英美日作家、學者的著述，也得以新讀希臘、意大利、法國等國先哲的力作。以後各輯，我們希望能將書目加以擴大，向有一定文化程度的讀者尤其是青年學子，提供更多的經典名著。

對迻譯各書的專家和撰寫導讀的學者，我們謹此表示深切的謝忱。

天地外國經典文庫編輯委員會

二零一九年二月二十日修訂

註釋：

[1]《談藝錄・序》，中華書局（香港）有限公司，一九八六年版。

[2]《傅雷談翻譯》第八頁，當代世界出版社，二零零六年九月。

[3] 戈寶權〈托爾斯泰和中國〉，載《托爾斯泰研究論文集》，上海譯文出版社，一九八三年版。

目錄

導讀

人性與愛情的贊歌

威廉．莎士比亞（William Shakespeare, 1564-1616）是世界上最偉大的戲劇家之一，也是英國傑出的抒情詩人。他一生寫出三十八齣悲喜劇、傳奇劇、歷史劇，兩首長詩（《維納斯與阿多尼斯》（Venus and Adonis）和《魯克麗絲受辱記》）（The Rape of Lucrece）以及數首雜詩，除此以外，還創作了一百五十四首十四行詩。有學者指出，西方研究莎士比亞十四行詩的著作，近年在數量上已超越了卷帙浩繁的戲劇研究，換言之，學界對它的熱情迄今不衰。

一部西洋文學史，最為人熟悉的詩歌體裁，當推十四行詩。十四行詩的英語為sonnet，因之又有人據以音譯為「商籟」。十四行詩起源於十三世紀中葉的意大利西西里詩派宮廷詩人賈科莫．諾塔羅．達．連蒂諾，他被視為是奠定這種體裁的第一位詩人，至十四世紀意大利詩人但丁、彼得拉克而臻於成熟。彼得拉克的詩集《歌集》，內載十四行詩三百一十七首，無論就數量和質量來說，在當時都是不可逾越的高峰。十五世紀以後，英國詩人托馬斯．懷亞特（Thomas Wyatt, 1503-1542）和亨利．霍華德．薩里（Henry Howard Surrey, 1517-1547）通過迻譯彼得拉克，把十四行詩移植到英國；薩里更把「彼得拉克體」（又稱「意大利體」）加以改造，使之成為「英國體」（由於這種體裁以後在莎士比亞手裏更臻完善，所以又稱「莎士比亞體」）。從此，十四行詩的這兩種體裁在詩壇並行不悖。從形式上看，意大利體的大致形式是：每首分為一個八行詩組和六行詩組。前八行的腳韻是 abba abba，後六行有 cde cde，cdc cdc，cde dce 等多種形式。英國體一般分為三個四行詩組，最後兩行對押，總結全詩；其韻式是 ababcdcdefefgg，在英詩裏，無論是英式或意式，有一點是一致的：這就是每行均取抑揚格五音步。

在莎士比亞之前，較大量地創作十四行詩的英國詩人有愛德蒙．斯賓塞（Edmund Spenser, 1552-1599），菲利普．錫德尼（Philip Sidney, 1554-1586）等，他們對完善這種詩體各有貢獻，但大體不脫彼得拉克的樊籬，以抒寫愛情為主，罕及其他。莎士比亞的一百五十四首十四行詩，大大地開拓了這種詩體的內涵，既反映了當時的社會風尚，又刻劃了人性，包容之廣，挖掘之深，堪稱前無古人。

學術界對莎士比亞的十四行詩考索甚繁，聚訟紛紜，一般認為這一百五十四首十四行詩是為兩人而寫，第一組從第一首到第一百二十六首，是獻給詩人的一位青年貴族朋友；第二組從一百二十七首到第一百五十二首，是寫或獻給一位黑膚女郎的；最後兩首借希臘神話歌頌愛情，同前面兩組詩無關。然而其題材上天下地，內涵極廣，又顯然不是這兩人所能規限的。它們反映了莎翁的社會觀、美學觀和道德觀，也刻劃了當時的世態人心。英式十四行詩，是在莎士比亞手裏才完善起來的，無論從質和量來説，稱之為十四行詩發展史上的里程碑，都絕不溢美。莎士比亞以後，雖然也崛起過幾十位擅寫十四行詩的詩人，而且在題材上有所開拓，技法上續有貢獻，但無一人能超越莎翁。

據記載，莎士比亞十四行詩集於一六零九年由倫敦出版商托馬斯·索普首次編纂出版，史稱「第一四開本」。這部集子雖然夾雜着大量的舛誤和訛奪，卻是最早、最完備的本子，儘管後起的學者對十四行詩的文字和排列各有説法，但後出的各類版本沿襲的基本還是「第一四開本」的排列法，就筆者所蒐集到的完整英文版和俄譯譯本，依據的也是這個排列法，可見，冠以權威二字，當無大誤。這些詩作的寫作年代，一般認為在一五九一至一五九六年之間，莎翁時年二十八至三十二歲，剛從故鄉斯特拉特福赴倫敦謀生，創作力旺盛，詩情勃發。由於詩人留存至今的生平材料極其匱乏，這些詩作無疑給我們留下了彌足珍貴的研究資料。

有專家統計，莎士比亞十四行詩最常見的關鍵詞可以歸納為時間（time）、命運（fortune）、機遇（chance）、美（beauty）、詩句（verse）、死（death）、不朽（eternity），這些用語都是語義學上所謂的「大詞」，有點兒抽象和空泛，但讀者讀來毫無這類感覺，這要歸功於詩人善用一系列巧思（conceit），多種令人眼花繚亂的詩歌技法和修辭手法，如頭韻、行內韻、擬人、排比、悖論、雙關乃至多層次影射，歌頌友誼與愛情，褒揚真善美，同時對人性的墮落和險惡、社會道德的敗壞痛加貶斥，在這方面，十四行詩完全可以媲美於他的劇本。茲舉一例，膾炙人口的第六十六首十四行詩，何曾比著名的哈姆雷特獨白遜色？這裏還需補充一點，莎翁點鐵成金的「陌生化」手段，也值得我們稱道。他在詩中絲絲入扣地化用了大量的法律、商業和航海術語而毫無「夾生」或相斥的感覺，既反映了當時英國社會中商業和法治的長足進步，也顯示了大詩人化平凡為神奇的功力。

國人迻譯莎士比亞十四行詩，以梁宗岱（一九零三—一九八三）最早着手，屠岸（一九二三—二零一七）最早成書；海峽彼岸，則以梁實秋（一九零三—

一九八七）窮一人之力譯出莎翁全集最具夙譽。翻譯難，譯詩尤難，後者本來就是一種不可能達致圓滿的藝術。作為先行者，他們三位的開拓之功不可泯滅。本叢書提供的新譯文，旨在填補兩岸三地中香港譯本的空白。

馬海甸

參考書：

[1] 海倫·溫德勒（Helen Vendler）：《莎士比亞十四行詩的藝術》（哈佛大學出版社，一九九九年版）。

[2] 克林頓·黑林（Clinton Heylin）：《作為人能活這樣長——莎士比亞十四行詩未講出的故事》（美國達卡波出版社，二零零九年版）。

[3] 斯蒂芬·伯特（Stephen Burt）和戴維·密基斯（David Mikics）：《十四行詩的藝術》（哈佛大學出版社，二零一一年版）。

[4] 錢兆明：《莎士比亞注釋叢書·十四行詩集》（北京商務印書館，一九九零年版）。

馬海甸，西洋詩歌研究者。現居香港。

莎士比亞十四行詩集

獻給下面刊行的
十四行詩的
唯一促成者
W·H·先生[1]
值此刊行之際
善意的冒險家
謹祝
他幸福無量
並享有
我們永生的詩人
所許以的
千古榮名

T·T·[2]

註釋：

[1] W·H·所指何人言人人殊。一說係第一至第一百二十六首十四行詩提到的青年貴族，但作為貴族，英國社會視稱對方為先生有失禮數，是以有誤，肯定不確。

[2] T·T·即托馬斯·索普（Thomas Thorpe），倫敦出版商，這段題辭係他在一六零九年《莎士比亞十四行詩集》初版本所加。

1

我們希望美的生命不斷繁衍，
要這樣，美的玫瑰才不致萎亡，
既然成熟的生命會隨時嬗變，
他嬌嫩的後代自把懷念擔當：
但你與自己的明眸訂下盟誓，
拿自己當燃料，燒出你的光彩，
使得滿目蕃盛變得一片磽瘠——
你與自己為敵，讓自個兒受害。
眼下你是人世間美好的裝飾，
是那爛漫的春天唯一的先驅，

你卻在花床之中埋葬了自己，
因吝嗇而浪擲，溫柔的守財奴。
憐憫世界吧，否則這太過饕餮，
讓墳墓和你把它應得的湮滅。

題解：詩人的朋友（一說他的同性戀戀人）堅持不結婚，詩人用這首詩加以規勸。詩人說：你不結婚，斷了子嗣，你的俊俏模樣就失去傳人，這實在是暴殄天物！所謂「與自己明眸訂下盟誓」，「拿自己當木柴」，隱括希臘神話美男子那耳喀索斯（Narcissus）的典故，即所謂「自戀」，你吝嗇自己的美，致美中斷，其實就是最大的浪費。詩人希望美能不斷的繁衍，表達了他健康的人生觀。英國維多利亞詩人斯溫伯恩（Algernon Swinbune）以後在詩篇《菲利斯》中這樣寫道：「美好的事物總是那樣短暫，而短暫的事物總是那麼美好。」誠如莎翁所言，要讓美的生命不斷繁衍，只能給後人留下自己。

2

四十個冬天將圍攻你的前額，
在美好的園地劃上道道深斑，
你青春的華服又值得了幾何，
它雖被注目，最終要成為破爛。
那時候有人會問，你的美安在——
你青春時代的寶藏究在何方——
你深深凹陷的眼睛彷彿坦白，
全是毀滅的無恥，無用的揄揚。
如果你能夠說，這美麗的孩子
將清算我的賬，令我老有交代，

這證明你的美已經留下後嗣——
你的美的投資值得大力擁戴。
當你老了，你的美重變得婉孌，
血變冷了，看着它被烘得溫暖。

題解：無論怎樣俊俏的外貌，總有人老色衰的一天。臉上的皺紋最無可辯駁地說明了這一天的到來。所謂四十個冬天，即詩人的愛友已過不惑之年，這在莎士比亞時代的平均壽命來說（莎翁享年五十二歲），已近乎暮年。故而詩人說愛友那青春的華服已成為破爛，這不能說是誇張之談。而一旦留下後胤，即便老了，他的美仍獲得重生。

3

照照鏡子，告訴鏡子裏的面孔，
眼下這張面孔應該加以翻新，
如果你此際拒絕為它去鳩工，
你就是欺世，使人當不成母親。
這樣的美人安在，她未開墾的
子宮，竟對你的開發加以蔑棄？
這樣的笨漢是誰，他竟用墓地
埋葬掉自己的愛，並因此絕嗣？
你是你母親的鏡子，在你身上，
她喚回了可愛的四月的華年；

不要理會皺紋，透過歲月之窗，
　你將窺見你黃金一般的時限。
　如果你活着，又不願讓人牢記，
　　獨自死了吧，讓你和形影同逝。

題解：本詩的主題談的是美與不朽。鏡子裏反映的美不過一瞬；後代反映出的美成為永生。詩人對愛友説，你不結婚，這意味着你令一個女子當不成母親，你是你母親的鏡子，她在你身上看到自己昔日的倩影。這位美女的子宮不曾開墾，它對你的開發竟加以蔑棄。如果你不愛別人而只愛自己，那就讓你自個兒一塊死吧。

4

為甚麼，你這可人兒揮霍成性，
竟把自己身上美的遺產花光？
造化的遺物從來都吝於饋贈，
只有借與慷慨者才落落大方。
美麗的吝嗇鬼，為甚麼你濫用
那些讓你轉交給他人的厚禮？
不圖利的放債者，為甚麼身擁
大筆的財產，生活卻難以為繼？
只有你自己跟自己在做買賣，
實際上在蒙騙你可愛的自己，

這樣，當造化召喚你魂歸天外，
你留下甚麼賬目教世人滿意？
不曾用過的美將隨你進墳墓，
用過的，會活着實現它的遺囑。

題解：這首詩的題旨與第二首相近，不結婚，你這可人兒實在太浪費，濫用那些讓你轉交給他人的厚禮，卻因此成了美的吝嗇鬼；這就是英詩所謂的悖論（paradox）。即使身擁大筆的財產，生活仍難以為繼。你不生孩子，不曾用過的美將隨你進墳墓，用過的，就實現了它的遺囑，把你的美傳給後裔。

5

那些時刻，用精雕細琢去鑲造
這人人都矚目的可愛的明眸，
以後，就對這雙眼睛施以強暴
使眼下美好的不久變得醜陋：
不曾凝結的時間把夏天捎到
可怕的冬天，在那兒毀掉了它，
冰霜使樹液凍結，綠葉全落掉，
雪淹沒了美，只剩光禿的枝椏。
倘夏天提煉的結晶不曾存留，
就讓它呈液狀鎖在玻璃瓶裏，

美的結晶同美一塊兒被攫走，
沒有美，對美的懷念也將長逝。
花兒經過提煉，就是到了冬天，
雖不復美艷，骨子裏仍然香甜。

題解：眼睛精雕細琢得美輪美奐，但不到一會兒，它們便變得十分醜陋。夏天縱然綠葉紛披，但可怕的冬日很快就將繁花全數摧毀，雪掩沒了美，只剩下光禿禿的枝椏。反觀花兒經過提煉（即生出孩子），即使屆乎冬天，美艷仍然留存。

6

在你被提煉成結晶前，不要讓
冬天粗糙的手掩住你的臉頰：
就讓瓶子生香，並把美的寶藏
存到倉廩去，趁它不曾被戕賊。
這樣去使用它並非禁止食利，
那些樂意借貸的反感到興奮；
他無非要求你生出另一個你，
要是你一生十，更是高興十分。
如果有十個人重現你的形相，
這比你自個兒要十倍地神氣：

即使撒手塵寰，死能把你怎樣，
既然你仍綿延在後嗣的身體？
別任性，你是這般的美麗，不該
讓死神征服，讓蛆蟲把你蛀壞。

題解：這首詩是說，在你衰老之前，趕快把孩子生下來，而且生得越多越好，能生出十個兒子，則你美好的形象就可以十倍地綿延於世。死神不會把你給征服，蛆蟲更不會把你蛀壞。這首詩的題旨與上述五詩大體相近。戕賊，傷害、損害之謂。

7

在東方，眼看慈祥溫婉的朝陽
抬起燃燒着的臉，凡間的眼睛
向他的新生投以崇敬的熱望，
用視線向他神聖的威嚴致敬；
猶如壯健的小夥子，正當英年，
攀上高及天際的巍巍的峻嶺，
世人對他的俊美無不表艷羨，
紛紛追步他金色的人生途程。
然而，當他駕駛着疲憊的車子，
從白天進入暮年，從頂峰下降，

原本恭順的眼睛遂從下坡的
路徑，轉而向另一條坦途凝望。
你好比旭日中天大放着光輝，
到頭悄悄地死，除非有個後輩。

題解：無論東方的朝陽是如何的慈祥溫婉，但它總有從高及天際的巍巍高峰西下的一日；即使你像旭日中天大放光彩，除非留下後人，終有倏爾長逝的一天。

8

你是音樂，為何聽音樂會悲戚？
音樂不內訌，歡笑總容得歡笑。
為何你愛你不欲接受的事體，
卻偏偏樂意去接受你的煩惱？
倘幾種悅耳的旋律化作一聲
真正的和諧，令你為之大不歡，
它們只是委婉地嗔怪，你不能
隻身一人承付起所有的重擔。
傾聽這根弦，另一根的好丈夫，
撥響了一根可以令它們共鳴，

有如父親、兒子和快樂的慈母，
渾如一體，唱出的歌如此動聽；
他們的無言之歌眾口一詞地
向你訴説：你獨身將就此絕嗣。

題解：本詩以音樂喻新婚，結婚有如音樂，正如《詩經》有句：「妻子好合，如鼓瑟琴」，決不會因此變得悲戚。甜蜜的音樂不曾改變，幾種悦耳的旋律化作真正的和諧，只有將父母和兒子合為一體，奏出的音樂才會變得動聽。如果你獨身，將就此絕嗣，換言之，樂器奏出了哀聲。

9

是因為害怕淚濕寡婦的眼睛，
你才在獨身生涯中消耗自己？
啊，如果你沒有後嗣就此長瞑，
世界將像寡婦似地哀哀啜泣；
世界將像你的寡婦般地傷情，
說你怎的在身後沒留下形相，
每一個寡婦，根據孩子的眼睛，
會打心裏記住她丈夫的模樣。
看吧浪子，在世間揮霍着金錢，
換了個人，世人仍然繼續受用；

而人間美的消費總會浪擲完，
留着不用，就會毀在本人手中。
對自己尚且犯下謀殺的罪衍，
這種心胸對他人絕不會垂憐。

題解：你生怕自己死去會令寡婦哀哀而泣，涕淚滂沱，但你可曾想到，一生獨身，世界將蒙受更大的損失。寡婦想從孩子的眼睛記住丈夫的模樣也不可得。犯下的不啻是謀殺的罪行。

10

為免得羞愧你否認愛着何人，
為甚麼對自己卻是只顧眼前。
好吧，就算你為很多人所鍾情，
說你誰也不愛也是十分顯然；
因為你身上積有謀殺的仇恨，
令你不惜去與自己蓄意為敵，
竟試圖要摧毀你華美的屋頂，
其實你應把它修葺得更美麗。
改變你的想法，我的也要更換，
仇恨的居室能比柔情更可愛？

像你的外表一樣，親切而溫婉，
至少對待你自己要稍為和藹。
為了我，你該去締造一個自己，
使得美在你或後代生生不息。

題解：愛友否認他曾愛過甚麼人，就算很多人鍾情於他，說他誰也不愛仍錯不了。他試圖要摧毀你「華美的屋頂」即英俊的外表，其實應把它修葺得更漂亮。詩人用另一個說法去揭示生子的必要性：只有締造一個自己，才能使美在你或後代生生不息。

11

你衰老得快，猶之你離開自己——
在你的後代的身上成長得快，
你賦予青春的新鮮血液仍是
你的，當你被青春所棄變老邁。
這裏存在着智慧、美麗和繁滋；
否則便只有老耗、腐朽和愚蠢。
倘若大家這樣想，時光將停滯，
才六十年就足以令世界沉淪。
有些事體，造化不欲再行儲存，
乃令它們醜陋笨拙，無後而終。

誰得天獨厚，她的賞賜更豐盛，
你對這慷慨的禮物須更愛重；
她刻你作她的印章，只是為了
留下更多拓本，不讓原刻毀掉。

題解：詩人之友踏入暮年，猶如他急匆匆地離開自己，在他的後代中迅速成長。當他被青春所棄步入暮年，遂變得老耄、腐朽和愚蠢，愛情刻你為印章，只為留下更多的拓本（即因愛而留下後裔），不致讓你逸失。

12

當我計算着時鐘報出的時分，
眼看陰沉的夜吞掉白天的光，
當我看到紫羅蘭開過了花辰，
烏黑的鬈髮滲上斑斑的白霜，
當我看到高聳着的樹光禿禿，
從前它曾為畜群遮擋住炎熱，
那夏天的青翠被捆上一束束，
變得粗糙的白鬚堆上了靈車；
於是，我不免為你的姿色生疑，
有一天你會走進時間的廢墟，

既然美和甜蜜也被自己拋棄，
眼見別人成長自己匆匆死去，
　誰也不能把時光的鐮刀阻擋，
你死了，你的子孫仍把它反抗。

題解：生老病死，乃是不可抗拒的自然規律。太陽被遮沒，紫羅蘭委靡不振，兩鬢飄霜，木葉紛降，夏天的柔條被置於靈床，這一連串的意象，無非都是揭示這一點。正如希臘哲學家亞里士多德所說：「時間分解着一切，並使它老化。」留下美的傳人，從而使美婦人得以延續，這是對抗死的不二法門。

13

啊，但願你是你自己，但我的愛，
你只有活在這兒才是你自己。
你應作好準備末日行將到來，
把可愛的儀容交予他人手裏。
如是你租賃而得的美，就可以
永遠不過期，當你自身已謝世，
你仍然可以重新成為你自己，
當兒子仍繼有你美好的形體。
誰會讓這樣華麗的房子坍塌，
而不用節儉去維護它的聲譽，

好對抗那冬日暴風雪的吹打，
和死神永遠冷酷的無情報復？
啊，我的愛，你該明白，除卻浪子，
你有父親，讓你的兒子也如是。

題解：對於愛友，因為你有父親，才可以有兒子：為了你租賃而得的美永不過期，為了你的兒子仍繼有你美好的容顏和形體，不讓華麗的房子倒塌，你必須有繼承人。除非你甘願一輩子吊兒郎當，胡混度日，還是趕緊成家吧。這首詩的主題仍是讓美得以傳承。

14

我的判斷不從觀察星象得來，
但竊以為對觀星也略有常識；
雖則我不用以預測運氣好壞，
不用以預測天象、饑荒和瘟疫；
我也不會去掐算一時的運道，
或者向帝王報道未來的時運，
只為我不曾從天上獲得朕兆，
指出何時有雷霆和風雨產生。
但從你的眼睛我獲得了啓示，
從這不變的星我獲得到學問，

有道是真與美將一起來繁滋，
　倘若你肯將自己存入到倉廩；
　　否則，我可以給你這樣的告誡，
　　你的死日，就是真與美的完結。

題解：詩人對觀察星象僅是略識之無，他不會用以預測天象、饑荒和瘟疫，但他從你的眼睛獲得了啓示，將真與美加以繁衍。否則我這樣告誡你，你的死亡之日，就是真與美完結之時。

15

當我這樣去考慮，一切事物的
繁榮滋長，只保存極短的時日，
而在這個大舞台上演的好戲，
無一不受到星象的暗中牽制；
當我發見，你的生長猶如草萊，
同樣受到天空的引發和抑制，
即使充滿了活力，仍盛極而衰，
耗盡它的光輝，直至它被忘記；
於是這變動不居易逝的思想，
乃把你的青春在我眼前展現，

虛擲的光陰和腐朽一塊商量，
要變你青春的白日成為黑暗；
為了你的愛，我在與時間爭持，
他要奪走你，我把你接上新枝。

題解：英國作家斯特恩（Laurence Sterne）在他的小說《特里斯丹．項狄傳》中有這樣一句話：「時間疾駛而去，當你一捻頭髮，瞧，它已變得灰白。」這話有可能源出於本詩，或受本詩的影響。一旦這變動不居的易逝的思想被寫進詩裏，它便把你的青春在我眼前展現，從而與時間爭持，把你接上新枝。

16

為甚麼你不用更堅強的方式
去和血腥的暴君時間來開仗？
為甚麼你不用比諸我的歪詩
更好的法子把衰老的你加強？
眼下你站在幸運時辰的頂峰，
有許多不曾播下種籽的園子，
要真誠地培植你鮮活的花叢，
讓花兒較你的肖像更其相似。
這樣，生命線可以把生命修葺，
當你的畫筆或我稚拙的畫筆，

無論畫外表的美，心靈的價值，
都難以令你活在世人的眼裏。
只有放棄自己才是存身之道，
你必須活着，靠你的妙計兼祧。

題解：為甚麼你不用更美好的詩作（「更堅強的方式」）去和血腥的暴君——時間來開仗，為甚麼你不用比諸我的歪詩更好的法子把衰老的我加強？眼下你站在幸運時辰的頂峰，有許多不曾播過種籽的園子，要真誠地培植你鮮活的花叢。這樣，你的存活之道就在你的詩裏，靠你的妙計我得以兼祧。

兼祧，古漢語，原指祭遠祖的廟，後指繼承上一代。

17

將來還有誰會相信我寫的詩，
如果它充滿了你至高的品德？
可是天曉得，這詩不過是墓地，
埋着的生命只及你一半美色。
如果我的筆能描下你的明眸，
用熱烈的華章歌頌你的俊顏，
後人看見會說，「這詩人在吹牛——
上天的彩筆畫不到凡人的臉。」
如是我那些陳舊發黃的詩章
會被小覷，一如瞎叨叨的老者，

把你的真容視為詩人的狂想，
或者是一篇誇大其詞的古歌。
　但你倘有兒子能綿延到那時，
　你就活兩次：他身上和我的詩。

題解：有人相信我寫的詩充滿了你至高的品德，然而這首詩作為墓地掩埋的生命僅及你的一半姿色。因此，最好的辦法是，用筆描下你的明眸，用熱烈的華章歌唱你的俊顏，讓你活兩次：既活在真人身上，也活在詩裏。後人不會說我的詩是誇大其詞。

18

我怎能把你與夏天加以比附？
比起它你更之可愛更之溫嫻：
狂風搖撼着五月鍾愛的芽簇，
夏季出賃的期限又委實太短；
有時杲日的眼睛太過於火熱，
它金黃色的霽顏常忽地隱晦；
每一種美都因離開美而夭謝，
因機運或無常的天道而損毀：
你的永恆的夏天從不會凋落，
你也不會失去你稟有的光彩，

死不敢誇口你在它周匝漂泊，
當你在不朽的詩行與詩同在。
只要人類能呼吸，眼睛能諦視，
這詩將長存，並賦予你以生氣。

題解：英國屬海洋溫帶闊葉林氣候，多雨霧，氣溫偏低，只有到夏天，天氣才轉晴和溫暖。因而，英國人認為一年中最好的時光在夏天，而非我們認為的春天或秋天。詩人認為，縱有賽似夏天的俊顏，也只能存在於一時，轉瞬間就會凋謝。只有在不朽的詩行裏它才能獲得永生。雖然我們不確知這位愛友為何人，但其一顰一笑卻流傳至今，仍為人所銘記。該詩是莎翁十四行詩的代表作之一，一般中等規模的英詩選本必選。

19

貪婪的時間磨鈍雄獅的利爪，
讓大地把她心愛的子嗣吞噬；
從猛虎嘴裏把牠的獠牙拔掉，
讓長生的鳳凰在血泊中燃起；
當你飛翔，使得時令時喜時悲，
對廣袤的世界和易萎的蓓蕾，
捷足的時間，任憑你為所欲為；
但我禁止你犯下這一樁大罪，
不准時流在我愛的前額操觚。
不准用古老的畫筆描下紋線，

允許他在你的流程不被玷污，
好為後人留下一個美的模範。
但時光老兒，我不會怕你使壞，
我的愛將在我的詩長盛不衰。

題解：詩人自信有能力讓愛友長存於他的詩行，好為後人留下一個美的範本。所謂「不准時流在我愛的前額操觚」、「不准用古老的畫筆描下紋線」，觚，古人寫字用的木板，操觚即執筆寫字。用大白話來說就是在前額刻下皺紋。因了我不朽的詩筆，你便永遠不老。

20

你有女人的粉頰，是造化親筆
給畫上，我熱情的情郎兼情婦——
你有她的善心，但從不思變異，
像時下虛偽的女人一般反覆；
你的眼睛比之更明亮，更率真，
你的流盼把一切都鍍上金光；
你那男兒的風姿傾倒了眾生，
你使男人眩目，又使女人迷茫。
造化本欲把你塑造成為女郎，
但在塑造時，他因愛而致昏迷，

竟剝奪了我愛你的權利，添上
一樣東西，這玩藝對我了無價值。
既然他已挑上你來取悅女子，
給我愛，讓她們享受愛的權利。

題解：詩歌吟詠的人物風度翩翩，風流倜儻，不識者常誤以為是女郎，故有情郎兼情婦之謂，他既令男人眩目，又使女人迷茫。但不像時下一般俗女子那般輕薄。詩人在後面幾句詩裏開了個頗為猥褻的玩笑，說老天爺本來想把他塑造成女子，沒想到多放了一個對我了無價值的器官，便成了男人。西方有學者持此力辯莎翁不是同性戀者，姑錄以備考。

21

我的繆斯與那一位截然不同，
那位連蒼穹也用以充作裝飾，
一見到紅顏就定要發為吟詠，
靠他的美人把種種的美排比——
他更聯綴了手中浮誇的妙喻，
比他作太陽、月亮和海的寶石，
比他作四月剛剛綻開的花絮，
或被大氣鑲在蒼穹邊的珍奇。
讓我忠誠地愛，也忠誠地寫下，
請相信我吧，我的愛的美就像

隨便哪位母親的兒子，雖則他
不像天上的金燭台那般明亮。
就讓他自個兒去饒舌、去嘮叨；
我又不是叫賣，何必恁地炫耀。

題解：一般詩人讚美情人，往往不吝筆墨，曹植《洛神賦》「遠而望之，皎若太陽升朝霞；迫而察之，灼若芙蕖出淥波」即為一例。莎士比亞說：有人把美人加以排比，如太陽、月亮和海的寶石，比作四月綻開的花絮，被大氣鑲在蒼穹邊的珍奇，云云。但他不屑這樣做，而僅僅「忠誠地愛，也忠誠地寫下」，簡單、樸素。莎翁的詩學和美學觀直到今天仍不失其價值。

「天上的金燭台」（gold candle fixed in heaven's air），指月亮。

22

只要你的青春和你同一年紀，
鏡子就無法令我相信已衰老，
當在你臉上看到時間的痕跡，
我才相信我的末日行將來到。
只因那一切覆蓋着你的美麗，
彷彿是我的心靈貼身的羅裳，
猶你之在我，它活在你的心裏。
那麼，又怎能説我比你還年長？
所以，我的愛人，請你多加留心，
不為我自己，而僅為你的緣故，

我將小心地抱持着你的心靈，
一如慈祥的乳母把嬰兒呵護。
我的心一死，你的心再難指望，
你把心交我，再難以收回身上。

題解：只要你的青春與我同齡，鏡子就無法令我相信我的末日行將到來，因為你俊美的外貌還在，我們將交換彼此的心；所以你的青春，也就是我的青春。我愛護你的心，一如慈祥的乳母呵護着嬰兒。兩人緊相護持。

23

像一個拙劣的演員登上舞台，
因為怯場，竟忘卻如何去表演，
又像猛獸滿腔怒火嘷叫起來，
因氣力使得過狠，令心房癱軟；
至於我，因缺乏自信憂心忡忡，
忘卻訴説愛情那完美的頌詞，
我的愛情的負擔太過於沉重，
使得我愛的力量彷彿已消失。
啊，讓我的詩集能夠雄辯如流，
它雖喑啞，仍把滿腔話語訴説，

它為愛辯護，並期待愛的報酬，
比能說會道的舌頭講得更多。
啊，請讀這緘默的愛寫下的詩，
用眼睛聆聽，這才是愛的睿智。

題解：詩人自認長於寫作而口齒不靈，故而一開首便引了兩個比喻，自稱怯場的演員，又是滿腔怒火嗥叫的猛獸。史載莎翁是一個不錯的演員，否則也就不能出入於宮廷，為皇室表演了。說他的話失諸誇張或自謙，應該不無道理。詩人力勸觀眾，多讀緘默的愛寫下的詩，用眼睛而不是耳朵去聆聽，這才稱得上睿智。

24

我的眼睛充畫師，把你的俊朗
全刻劃在我心靈上的畫板裏。
我的身體遂成為鑲嵌的畫框，
透視法是畫師最高超的長技，
你必須通過畫師去窺其技法，
去尋覓你的真相被畫在哪裏，
它長在我心房的店舖裏高掛，
你的眼睛就成了店舖的窗子。
且看眼睛之間相幫得多誠懇。
我的眼睛摹下你全部的形狀，

而你又在我胸前敞開了窗門，
太陽就透過這把你偷偷打量。
我的眼睛畫畫還欠點兒本事，
它只畫眼見，而不能深入心裏。

題解：詩人的眼睛通過透視法把愛友的儀容畫在心裏，他的俊朗便刻在自己的心上。它高掛在我心房的店舖裏，一雙眸子遂成了店舖的窗子。但我的眼睛還欠點兒火候，做不到唐人張彥遠《歷代名畫記》的「以形寫神」，只能徒有其形，而獨失其神。

25

讓受命運的星辰寵愛的人們，
為榮譽和高貴的銜頭而自負，
至於我，本來被榮譽關上大門，
驀然竟獲得那最珍貴的樂趣。
君主的寵兒張開美德的花瓣，
然而恍如太陽暴曬的金盞草，
人家一皺眉，那驕傲隨即星散，
他們的威風也隨本人被埋掉。
有能征慣戰大名鼎鼎的戰士，
打了一千次勝仗，卻功虧一簣，

功名冊裏從此勾銷他的名字，
其他勳業也被渾忘有如逝水。
我真幸福，既為你所愛也愛你，
我既不思變異，也不致被擯棄。

題解：那受命運寵愛的人們，帶着榮譽和高貴的銜頭，像君主的寵兒張開美德的花瓣；但恍如太陽暴曬的金盞草，只要前者一皺眉頭，它的驕傲便為之星散。即使勇猛如能征慣戰的戰士，屢戰屢勝，一旦功虧一簣，也會身敗名裂。只要你我相愛，彼此忠實，我便獲得幸福。

26

我的愛情的主子，是你的美德
緊緊繫着作為你臣屬的敬意，
我派遣這一篇詩文作為使者，
是為證明我的敬意，而非炫技。
敬意如此深長，偏偏才情短絀，
沒言辭能表達，令敬意變貧乏，
但是，我希望在你靈魂的思緒
有美好的念頭掩飾無文的它；
迨至一顆星辰照亮我的前途，
以美好的星象引導着我前行，

給我襤褸的愛情披一身華服，
使我有幸接受你甜蜜的致敬。
那時，我才誇口對你何等眷戀；
這之前，我不敢出頭受你考驗。

題解：直至本詩，詩人對愛友仍備加讚賞，甚至不惜把自己的詩作肆力低貶，這只能用法國作家拉羅什富科（La Rochefoucauld）的話來解釋：「愛的歡樂寓於愛神，享受愛情比喚起愛神更令人幸福。」（見《箴言錄》）

27

勞役累得我夠嗆，我急急上床，
讓疲乏不堪的四肢好好休息，
但腦子裏的旅行旋即又上場，
力役這才結束，神傷馬上開始。
只因我的思想從遙遠的居地，
動身前去向你作熱烈的進香。
我睜着一雙昏昏欲睡的眸子，
凝視着瞎子也看得見的迷茫。
終於，在我心靈想像的視覺中，
雖眼不能見，卻出現你的倩影，

有如寶石懸掛於漆黑的夜空，
使得黑暗變光明，舊貌也翻新。
看，我這樣白天使力，晚上傷神，
無論為你和自己，都不得安生。

題解：詩人在外巡迴演出，東跑西顛，四肢勞頓，準備好好休息，豈料一躺下便因對愛友思念不已而傷感之極。他把這稱作「熱烈的朝聖」（zealous pilgrimage），為叶韻，這裏姑譯為「熱烈的進香」。雖然字義未能銖兩悉稱，也還湊合。

28

既然我休息的權利已被褫奪，
教我如何去恢復愉快的心境——
當黑夜不曾停止白天的壓迫，
日以繼夜，夜以繼日，全無安寧？
這兩者統治的地位相互敵對，
卻握着手一致把我加以壓迫，
一個對我抱怨，一個令我勞瘁，
怨我距你太遠，奔波全無結果。
我恭維白天誇説你如何燦爛，
當烏雲遮天，你在那兒放光芒。

我同樣曲意去逢迎夜的黝黯，
　當星星闔眼，你把夜鍍上金光。
　每個白天都在綿衍我的悲痛，
每個夜晚都令我的哀傷加重。

題解：本詩上承第二十七首。雖然白天勞力，晚上勞心，黑夜白天全無休止，但詩人仍然竭盡恭維、逢迎之能事。儘管他叫苦不迭，但苦中有樂。

29

當我受盡命運和白眼的播弄，
只好為自己孤獨的境況啜泣，
徒然用呼吸打動聾聵的蒼穹，
復又形影相弔，深嘆時運不濟，
竊願和這一位一樣前程遠大，
像那一位儀容出眾，廣交俊彥，
淹有此人的稟賦，那人的才華，
對平素滿意的，反倒深致不滿；
這個念頭幾乎是在作踐自己，
我驀地想到你，於是我的精神

有似雲雀，從黎明陰沉的大地
啼囀着讚美詩，振翅直飛天門；
一想到你的恩愛，我頓成暴富，
就是拿王位交換也不屑一顧。

題解：詩人與周遭的俊彥（這裏所指也許是那一夥英國文學史上的「大學才子」？）互作比較，不免自慚形穢，深感沮喪，甚而怨天尤人，為何薄待自己一至於斯。然而，當他一想到所愛，便渾忘一切，而像沖天啼囀的雲雀，「翺翔在蔚藍的天宇」（雪萊《雲雀頌》句）。本詩的結局雄渾有力，表現出英國人文主義者博大的胸襟，與李白「富貴於我如浮雲」同為輝映中西詩史的名句。本詩也是莎翁十四行的代表作之一。

30

當我把對消逝的往事的追憶，
召到甜蜜的沉思默想的公堂，
我為不曾求索到的事體嘆息，
復為虛耗了寶貴的光陰神傷。
連不常流的淚水也淹沒眼睛，
為的是摯友葬身於死的長夜，
重新為愛那消失的悲傷呻吟，
為許多已長逝的情景而嗚咽。
接着，我又沉浸於昔日的哀怨，
心事重重地傾訴自己的悲哀，

把舊嘆息來一個悲慘的總算，
彷彿未清還，現在才償付舊債。
但只要一想到你，親愛的朋友，
損失盡行挽回，煩惱一去不留。

題解：詩人一想起消逝的往事和追憶，一想起葬身於死的長夜的愛友，便為之黯然神傷，連不常淌流的眼淚也注滿了雙眼，將昔日的嘆息來一個總算。而一旦憶及自己親愛的朋友，所有的損失和煩惱都盡行消失。本詩以法律術語入詩，在情詩中頗有新意。

31

那些心因消失被認為已死去，
你的心因藏有它們而更珍貴；
愛和愛可親的一切把它佔據，
那被埋葬的全都是我的友輩。
這熱烈虔誠的愛，從我的眸子
竊取了多少神聖悲哀的淚珠，
是為死者所應得。死者不過是
搬了一次家，跑到你那兒蟄伏。
你是座墓，葬着的愛活在其中，
懸掛着我已逝朋友的紀念物，

他們把我應得的愛向你轉送；
多少人應得的情意為你獨取。
我在你身上看見我愛的形影，
你，他們全體，獲得我全部深情。

題解：朋友們的心靈因消失而被認為業已死去，但你的心因藏有它們更顯得珍貴。死者長逝無非是搬了一次家，是從人間遷徙到我的心靈而已。詩人對愛友的熱愛由此可見。這與漢代無名詩人的《詩四首》「生當復來歸，死當長相思」如出一轍。

32

倘你活過我躊躇滿志的時日，
當粗鄙的死用黃土把我掩埋，
你偶爾再翻翻你亡友的小詩，
這些詩作如此地譾陋和粗率，
請你拿當代的華章相與比較，
儘管每一行都遠勝我的作品，
看在我的愛，保留它吧，論技巧
它實不如幸運兒們那麼高明。
啊，請你賜我以如是愛的思想：
「倘我友的詩藝能夠與時俱增，

他的愛將帶來更珍貴的詩章，
足以和更富才情的詩人爭勝。
自從他死後，詩人在日益精進，
我讀人家的詩，只讀他的愛心。」

題解：倘若愛友的壽命長於我，那麼請你再翻翻你的亡友的小詩吧，這些詩作如此地謭陋和草率，幾乎同時代詩人的每一行詩都遠勝於我。莎士比亞前後亦即英國文藝復興時代十四行詩創作曾極一時之盛，有數部十四行詩集如錫德尼（Sir Philip Sidney）的《愛星者與星星》（*Astrophel and Stella*）、丹尼爾（Samuel Daniel）的《迪莉亞》（*Delia*）、康斯特布爾（Henry Constabul）的《黛安娜》（*Diana*）、德雷頓（Michael Drayton）的《厄迪亞》（*Idea*）和斯賓塞（Edmund Spenser）的《愛情小集》（*Amoretti*）先後出版，但到今天仍傳誦人口而不是放在圖書館書架上蒙塵的傑作也就只有莎翁的作品而已。原因在於他的愛令他寫下了更珍貴的詩章，足以和更富才情（應該說是學歷更高）的詩人爭勝。

33

在燦爛的清晨，我曾多次注視
太陽用莊嚴的眼睛取悅山頂，
它用金色的臉龐親吻着大地，
用天上的法術把濁流來鍍金，
驀地，它又讓卑賤的雲絮，以及
醜陋的雲從它天上的臉掠過，
把孤獨的世界從它眼前藏起，
再帶着恥辱悄悄向西方沉沒。
當我的太陽在清晨發出光彩，
把瑰麗的色澤灑到我的前額；

但是，空中的烏雲早把我隔開，
屬於我的時間只有一時半刻。
對於他，我的愛不曾稍稍嫌棄，
天上的太陽有瑕疵，何況俗世。

題解：詩人把愛友譬為太陽。太陽不以草原小溪低鄙而翛然遠引，仍把自己的光和熱普佈其間。草原和小溪，即詩人自況。驀地，太陽被團團雲絮擋住（據一些學者考證，「雲絮」即黑膚女人，是她從詩人手中搶走了愛友，云云），令詩人頓失好友。但是，詩人並不因其薄倖而深責好友。他認為，天上的太陽尚且有黑點，人間的太陽就更不能求全責備，此即「人無完人，金無足赤」之謂也。

34

為何你許給我這燦爛的天色
使得我出遠門連斗篷都不穿，
讓卑賤的雲在途中把我堵塞，
在腌臢的雲中韜晦你的光燄？
你衝破了烏雲，把風暴潑濺上
我臉頰的雨點吹乾，仍歸無效，
沒有人會稱道這種只治創傷、
對於恥辱卻難以為功的膏藥。
你的恥辱治癒不了我的創口；
你雖失悔，何曾減少我的憂傷。

對背着沉重的十字架的罪囚，
冒瀆者的煩惱只是小小解放。
啊，你的愛灑下的眼淚是珍珠，
它這樣富足，足以把罪愆救贖。

題解：詩人在這首詩中說，愛友曾許諾給他燦爛的一天，以致自己連斗篷都棄而不穿，然而卑賤的雲卻在途中把我給堵塞，腌臢的雲把我的光燄給韜晦。可見愛友的承諾並非完全誠實。儘管如此，愛友灑下的眼淚仍然十分珍貴，足以把我的罪衍救贖。本詩與第三十三首十四行詩意旨大體相近。

35

不要再為你幹過的事情痛苦：
玫瑰尚且有棘刺，銀泉有泥漿，
雲絮和晦蝕也會把日月玷污，
討厭的尺蠖竟在嫩芽裏生長。
所有人都會犯錯，我自然也是，
我運用比喻為你的缺失開解，
為你去掩飾，反而褻瀆了自己，
對你的大錯，太過於輕描淡寫；
為你的醜行找理由進行迴護——
你的原告反成了你的辯護士——

使得自己對自己提出了起訴。
我的愛和恨就這樣紛爭不已，
使得我成為從犯，成為那驕縱、
把我搶掠的可愛小賊的脅從。

題解：詩人認為萬事萬物皆有美中不足，玫瑰有棘刺，銀泉有泥漿，雲翳和晦蝕玷污了日月，嫩芽裏竟長有討厭的尺蠖，這就是我用以開解的比喻。但我對你犯下的錯誤卻輕描淡寫，甚至為你的醜行找理由加以迴護。我的愛和恨也因此紛爭不已，令我成為你這可愛的小賊的脅從。

36

我得承認，咱倆必須就此分手，
雖則咱倆的愛已是難以分開。
這樣，留在我身上的那些污垢，
不用你幫忙，我自個兒能擔待。
你我之間的愛基於一個認識，
但生活中總有着睽離的幽怨，
從愛的喜悅偷卻甜蜜的時日，
雖則改變不了愛專一的眷戀。
我裝出這樣子，與你形同陌路，
免得我悲嘆的罪過令你蒙羞；

你也不須當眾把我加以禮遇，
除非把尊崇從你的名字取走。
但是別這樣，我這般地熱愛你，
你屬於我，你的美名也是我的。

題解：詩人與愛友因身上有污垢必須分手，無須你幫忙，我自個兒也能加以擔待，睽離的一日總會產生幽怨，甚至兩人就此形同陌路。然而，相愛的兩人總會「合而為一」，正如樂府古辭《古詩為焦仲卿妻作》所說：「舉手長勞勞，二情同依依」。

37

有如老邁的父親，他見到兒輩
在活潑潑地工作，便大為欣喜，
雖被殘酷的命運播弄得殘廢，
我仍從你的真和善感到舒適。
因為無論美、門第、財產或智力，
或其中一部份，或所有，或更多，
都已經在你的身上登峰造極，
我讓我的愛與你的貯藏接駁，
這樣我不再殘廢、貧乏、被凌辱。
既然這個幻影被賦予了實質，

我便在你的富有中獲得滿足，
靠你一部份的光榮打發時日。
瞧這至寶，我真希望全歸於你，
既有希望，我十倍地喜氣盈溢。

題解：詩人認為自己命途多舛，只能從愛友身上的真與善獲得安慰，讓我的愛與你的儲藏加以接駁，如是我將不復殘廢、貧乏和被凌辱，賦予幻影以實質，在你的富足中獲得滿足，因你而獲至寶。有如老邁的父親，因看到兒孫輩在活潑潑地工作而大為踴躍和欣喜。

38

我的繆斯為甚麼會缺乏詩才，
當你仍呼吸，就是美好的主題，
注入我的詩中，遂煥發出光彩，
它豈是凡庸之輩所能夠揭示？
如果我的詩有甚麼蒙你青睞，
能入你的法眼，得感謝你自己；
誰這般懵懂，寫不出你的丰采，
儘管你用自己照亮他的題旨？
比起詩人祈求的九個老繆斯，
你是第十個，你有十倍的力量；

倘有人召喚你，就讓他去執筆，
　寫出那傳諸久遠的不朽華章。
　我的繆斯要取悅苛刻的時日，
　　痛苦歸我，你去承受讚美之辭。

題解：繆斯（Muse），古希臘神話中九位司詩歌、藝術和科學的女神，在詩人的筆下，往往轉喻為靈感和詩才，也有人稱希臘女詩人、同性戀者（Lesbian）薩福（Sappho）為第十位繆斯。詩人要召喚愛友，亦即第十個繆斯，才能夠煥發出光彩，寫出傳諸久遠的不朽的華章。在他的眼中，愛友的力量比九個老繆斯要強十倍。

39

啊，我怎樣才能不溢美地歌唱，
當我最美好的部份統屬於你？
我怎麼能自己將自己去弘揚，
我歌唱你，豈不成了吹捧自己？
就為了這一點，咱倆只好分手，
使我們的愛失去同一個名義，
如是當咱倆分手後，我就能夠
把你應獨得的讚美全歸於你。
離別吧，你給予我何等的磨難，
倘非你這發酸的閒暇，允許我

拿出愛的思念用以款待時間，
又用愛把時間和思念來哄過，
虧得你教我一人分處兩邊廂，
我留在這兒，把那兒的他揄揚。

題解：詩人與愛友因相愛而合為一體，那詩人讚美愛友豈不成了吹捧自己？就為了這一點，咱倆分手吧。你我眼下既然分處兩邊廂，我便可以盡情揄揚你。

40

把我的愛拿走，全拿走，我的愛：
但你拿了，又比原來多多少呢？
這並不是你稱之為真愛的愛；
你就是不多拿，我的也屬於你。
倘若你因為愛而接受我愛的，
我不會因為你利用她去怒叱；
但如果你欺騙自己，故意嘗試
你曾拒絕的，我可要加以指斥。
雖然你掠走了我僅有的財物；
我仍能饒恕，你這溫柔的小賊，

不過，愛懂得，這是更大的痛苦，
愛的薄倖比因恨而公開詆毀。
風流的魅力，你的惡表露無遺，
雖嗒然若喪，我決不與你為敵。

題解：詩人離開後，他的愛友竟橫刀奪愛，令情人移情別戀。詩人細數自己失戀的悲哀，又說儘管小賊掠走了自己僅有的財物，但我仍然饒恕他，因為他更珍惜愛友的愛，不想視這個情敵為仇人。據英國莎學家考證，被奪走的詩人的情人可能是第一百二十七至一百五十二首詩提到的那位黑膚婦人。情人被奪詩人也心甘情願，可見他對愛友的摯愛。

41

有的時候，我從你的心裏告退，
你竟忘乎所以，幹下那等好事，
這倒很適合你的年齡和俊美，
只因誘惑在你身旁寸步不離。
你是如此溫文，以至任人佔據，
你是如此美麗，只好聽憑進攻；
誰個女人的孩子，面對着淑女
獻媚，竟乖張得絲毫不為所動？
但是唉！你怎能奪走我的席位，
申斥那美和令你迷途的華年，

是它們使得你到處胡作非為，
使得你被迫違背雙重的誓言：
對她，用你的美令她心猿意馬，
對我，用你的美把我加以欺詐。

題解：詩人為愛友奪走情人找到了藉口，原因在他的年齡和俊美，以致他忘乎所以，幹下了這等好事。愛友因而違背了雙重的誓言，對她，用自己的美加以誘惑；對我，用自己的美把我詐騙。愛友的美可想而知。

42

你佔有她還不致令我太悲苦，
雖則我還是深深地把她憐憫；
她佔有你才使得我放聲痛哭，
失去了你的愛，這教我更傷情。
如是我原諒你們，愛的冒犯者：
你愛她，只因對她我同樣鍾情，
正是因為我，她才把我給斥責，
讓我的朋友為我向她獻殷勤。
失去你，我所失乃我愛之所得，
失去她，我所失乃我友之所獲；

你們在一起，我所失就是兩個，
這一對為我而令我備受折磨。
這真快樂，我友和我原為一體；
甜蜜的諂媚啊，她只愛我自己。

題解：詩人認為愛友佔有情人還不致太可悲，她佔有了愛友才使得我放聲痛哭，失去了愛友的愛，令我更傷情，這也是一種悖論。乍看似是而非，方柄圓鑿，難以自圓其說。失去愛友，我失去的正是我的情人得到的：失去她，我失去的正是我的愛友得到的。這一對令我備受折磨，我友和我既然是一體，說一句諂媚的話，則情人愛的只是我自己。

43

當我闔攏雙眼，看得最是清晰，
那白天觀照的事體一片迷茫，
當我入睡，它們在夢中窺見你，
在蒙昧中引導，在黑暗中發光。
你的影像使得陰暗化作光輝——
你影子的實體，怎能夠生發出
愉悅的光，璀璨的白日更明媚，
當你的影像映照闔攏的雙目！
我的眼睛要獲得何等的賜福
才能夠在白天把你凝視，當你

把殘缺的美投射到夜的麻木，
透過酣睡存留於闔攏的眸子！
白天成黑夜，看不見你的影蹤，
夜夜都發光，當你現身美夢中。

題解：詩人到夜裏才能清晰地看到他的愛友，白天他見到的反而是一片迷糊；就是說，兩人離別後，只能在夢中邂逅，以解兩地分居之苦。所謂「殘缺的美」，指的是愛友賦予他的僅是迷茫的幻象。

44

那害人的距離不能令我卻步，
倘若我這笨重的軀殼是思想；
那會兒，我顧不到迢遙的長途，
一下子就來到你居停的地方。
如是，即便我的立足點距離你
非常地窵遠，這又有甚麼妨礙；
只要一念及他所寄身的邊鄙，
飄逸的思想就跨過高山大海。
啊，但我不是思想，這才要命，
你走後，我再不能間關萬里，

說到底，我只用土和水和成，
只用呻吟伺候無聊的時日。
這些元素太重拙，我一無所有，
除卻那悲哀的象徵，濁淚橫流。

題解：詩人告訴愛友，如果我這笨重的軀殼是思想，那害人的距離又算得了甚麼？不管有多遙遠，一下子便飛到你的居停。要命的是，我不是思想，只是用土與水和成的元素，十分重拙。除此以外，我只有橫流的濁淚，其他一無所有。

45

其他的兩種元素：清風和淨火，
不論我在哪兒，都隨伺你身旁；
你們倏來又倏往，輕捷地掠過，
前者是我的思想，後者是希望。
當這對靈活的元素遠遠飛揚，
在你身旁權充溫柔鄉的使者，
我這四元素的生命，只剩一雙，
它瀕臨了絕境，為抑鬱所暴虐；
直到這些靈敏的使者從你處
飛回，把生命的成份重新恢復，

甚至說回就回，它們向我描述，
向我擔保你的健康可保無虞。
我聽說後喜形於色，可是不久
我再打發它們去，便愁上心頭。

題解：希臘哲學家亞里士多德有風火水土四大元素構成物質世界一說，詩人把它們移用到詩中，作為自己對愛友想念的詮釋。詩中「清風」是指思念之輕捷，「淨火」是指想念之純淨，一旦兩個重元素瀕臨絕境，為抑鬱所暴虐，其他兩個靈敏的使者便重新恢復了生命的成份，我聽後喜形於色，但把它們打發後，又遣愁上心。

46

我的眼睛和心靈在拚命開仗，
它們爭相佔有凝視你的權利；
眼睛禁止心靈熟視你的肖像，
心靈又不允給眼睛這一權益。
心靈說你就蟄居在它的深處——
沒有明眸能夠窺測這個密室，
然而被告眼睛旋即駁回辯護，
它說你的美存在於它的凝睇；
為裁判所有權，只好聘請思想
（它們就住在心裏）加入陪審團，

根據它們的判決，作如下分賬，
　明眸和溫柔的心靈各得其半：
　我的眼睛享有你的諸般形相，
你內心的愛則歸我細心珍藏。

題解：眼睛與心靈為分享情人的美貌而驟起紛爭，實在是無稽之談。值得注意的是詩人以商業術語入詩，與本集第三十首以法律術語入詩，可謂相映成趣，這在中國古代情詩中，實在是未之前見，充份反映其時的英國社會，已在逐步走向法治和商業化。愛情乃大雅事，法律與商業則是涉世頗深的大俗事，詩人不避其俗，用法律和商業術語入詩，取得了「陌生化」的藝術效果，讀者讀來，也趣味盎然。

47

我的眼睛和心靈簽署了協定，
規定一方要給另一方以便利。
一旦因眼不能見而發生饑饉，
或心靈因愛而為感嘆所窒息，
眼睛旋即把愛的肖像去宴飲，
還邀得心靈參加這畫的盛宴。
另一回，我的眼成了心的貴賓，
遂分享了心靈一份愛的縈念。
這樣，靠你的模樣或我的思戀，
你雖遠離卻仍舊和我在一起，

你不能比我的思想走得更遠，
我永遠緊跟它們，它們跟着你。
它們入寐，你的肖像在我眼裏，
把心喚醒，於是心和眼都欣喜。

題解：詩人有一張愛友的肖像，他用眼睛和心靈簽署了協定，規定一方給另一方以便利。詩人用眼睛飽飫愛友的肖像；還邀得心靈參與了肖像的盛宴，於是心靈和眼睛都為之欣喜。這便是眼睛和心靈簽署協定的妙用。

48

在我上路之前，我得十分謹慎，
把每件瑣屑的東西牢牢鎖好，
使免於被一些虛偽的手觸碰，
不讓觸碰，是為了使用時牢靠！
但你，對你我的珠寶成了廢物，
最寶貴的安慰，竟成最大苦痛，
你，我最最親近和唯一的掛慮，
竟落入一名凡庸小賊的彀中。
我不曾把你鎖進任何首飾箱，
除非你不在這兒，我感到你在，

溫柔地擁着你的是我的胸膛，
從那兒你可隨意進入和離開；
就這樣，我還是怕你會被偷走，
面對瑰寶，忠實也要淪為小偷。

題解：詩人上路前，得十分小心地把瑣屑的東西鎖好，不讓偽君子的手來觸碰。但詩人不曾把愛友鎖進首飾箱，於是愛友便落入這凡庸小賊的彀中，除非你不在這兒，我仍感到你在。就這樣，我怕你會被偷走，面對着瑰寶，即使忠實也會淪為小偷。

49

為提防那一天（它定必會來臨），
我看到你為我的缺陷而惆悵，
你的愛已將最後的賬目結清，
乃被周詳的考慮召喚去結賬——
為提防那一天，走得像陌路人，
不用你太陽似的眼睛來迎候，
當愛要改變自己本來的身份，
他將找到強大而嚴肅的理由——
我提防那一天，我躲到堡壘中，
藏身於對自己應份的評價裏

舉起了手來宣誓，向自己進攻，
站到你一邊來保護你的權益——
　你有法律的力量把我來驅逐，
　只因我找不出你愛我的依據。

題解：詩人害怕愛友將來不再愛他，遂對這種不幸做好準備。他警告自己不要接受愛友的愛慕，如是，只因找不到你愛我的依據，便有法律的力量把我加以驅逐。本詩與第四十六首相類，同樣以商業和法律語言入詩。

50

我在旅途走得是何等的悲傷，
當我從乏人的旅途覓到歸宿，
便唆使平靜和休憩一起嚷嚷，
你離開了朋友，遠涉如許長途。
那馱我的畜牲，不堪我的困惱，
牠馱着重負，艱難地一蹶一顛，
這個可憐蟲，憑某種本能知道，
主人不愛走快，令他遠上加遠。
有時困惱用血漬斑斑的馬刺
去戳牠，也不能使之邁開步子；

牠只是沉重地報以一聲長嘶，
嘶聲之刺激我，尤甚於踢馬刺；
因為這一聲悲吟使得我猛醒，
我的痛苦在前，後面才是溫馨。

題解：詩人離開愛友，從旅途到歸宿走得好不悲苦，他乘的那匹馬兒被馬刺戳得血漬斑斑，邁不開步子，只能沉重地長嘶一聲，那嘶聲之刺激我，尤甚於踢馬刺。然而詩人想到有朝一日與愛友重逢，他的痛苦一變而為溫馨。

51

就這樣，在我離你而去的當口，
我的愛當饒恕那魯鈍的畜牲——
從你那兒離開，何必匆匆地走，
除非回來，否則何須急急而遁？
啊，可憐的畜牲可能得到原諒，
飛快的速度仍被視作為蝸步？
那時我要狠踢馬刺，凌風遠揚——
插上了雙翅，卻感覺不出速度。
沒有馬匹能和我的熱望同步；
因為這渴望由完美的愛造成，

牠本非凡軀，像火一般地飛舞，
愛為愛的緣故，將饒恕那畜牲——
既然分手之際牠故意慢悠悠，
歸程我一人跑，撇下牠自己走。

題解：詩人騎着馬離開的當口，他的愛友應該饒恕那魯鈍的坐騎。離開他，何必急急地走，要回來，又何須匆匆而遁。即使狠踢馬刺，插上雙翅般地凌風遠揚，仍感覺不出速度，跑得飛快只如蝸步。事緣沒有馬匹能和我的熱望同步，分手時牠故意慢悠悠地走，歸程撇下牠，讓我獨自跑。

52

我像個富翁，有把幸運的鑰匙，
可以為他敞開那心愛的寶庫，
然而他不願時時來把它啓視，
只因這會破壞他難得的滿足。
莊嚴的節日之所以值得珍惜，
只因長長的一年難得有幾日，
就如鑲嵌得疏疏落落的鑽石，
又如鑲嵌在項鏈中的大寶石。
同理，那保存着你的時光，就像
我的箱子，或收藏袍子的衣櫃，

當重新翻出那些裝箱的寶藏，
這一刻使得它們份外的珍貴。
你真走運，你的用途如此寬廣，
有你固然得意，沒你也可企望。

題解：詩人感到不須與愛友經常見面，否則會失去見面時的快樂。他引用了三個比喻，一個是長長一年中難得的幾個節日：一個是鑲嵌得疏疏落落的鑽石：一個是鑲嵌在項鏈中的大寶石。如果詩人能耐着性子不與愛友頻頻相見，見面的一刻就使得它們份外寶貴。

53

你這人究竟用何種物質造成，
無量數的人的影子追隨着你？
既然每人都只能有一個身影，
你一人卻變作所有人的影子。
為阿多尼斯畫像，那一幀畫像
不過是模仿你的拙劣的表現；
把所有的粉頰堆到海倫臉上，
你穿着希臘服飾重現於畫面。
每當提起春天和豐收的年景，
前者是你俊美的外貌的影子，

後者是你富足而慷慨的縮影，
我們看到你稟有各種的丰姿。
你稟有一切外表稟有的標致，
說到不變的心，更沒人能相比。

題解：詩人把所有人的影子集中在他的愛友的身上，即使希臘美少年阿多尼斯（Adonis），也不過是模仿他的拙劣的畫像；長詩《伊利亞特》美絕人寰的海倫，只是堆砌在他的臉上的粉頰。一切無非是詩人愛友外表的影子，說到不變的心，更沒甚麼比得上愛友。漢朝李延年之句「北方有佳人，遺世而獨立」，此之謂也。阿多尼斯，希臘神話中的美男子，愛神維納斯（Venus）一見鍾情，後為野豬撞傷致死。莎士比亞著有長詩《維納斯與阿多尼斯》記敍其事。

海倫（Helen）希臘神話中著名的美女，特洛伊戰爭即因她而起。

54

啊，美若被真賦予可愛的裝飾，
那麼它的美將更被平添魅力。
玫瑰乍看很美，但在我們眼裏
更美的是它吐送的醉人香氣。
若論顏色，野玫瑰顏色的深度
並不稍遜於芬芳馥郁的玫瑰，
它在荊棘叢中間恣情地曼舞，
當夏天的熏風吹開它的花蕾；
然而，它的價值只在它的芳容，
開花沒人欣賞，枯萎沒人垂注，

就此自生自滅，而玫瑰則不同；
它甜蜜的死釀出最香的馥郁。
你若一旦萎亡，可愛的美少年，
我就用我的詩把你的真提煉。

題解：詩人在這首詩裏説，愛友的美若被真所裝飾，真遂令他美上加美。美離開了真，就甚麼也不復存在，真有如玫瑰吐送的醉人香氣，沒有香氣，也就沒有了真，可見真比美尤為重要，只有真可以延續美。

55

大理石，或王公們鍍金的豐碑
都不比有力的詩更久於人世，
你在詩裏放出更璀璨的光輝
遠勝為邋遢時日塗抹的頑石。
殘酷的戰爭能夠把鑄像掀倒，
石砌的建築同樣一把火燒光，
但戰神的利劍和烈火燒不掉
你長留人們心中美好的印象。
面對死亡和淹沒一切的仇隙，
你將前行，並不斷地譜入頌詩，

在人類蔓衍繁滋的後嗣眼裏，
你將綿亙到這個世界的末日。
這樣，直到最後審判將你喚起，
你還活在詩中，和情人的眼裏。

題解：詩人說，豐碑、大理石像、鑄像，都逃不脱兵燹，只有寫在詩裏的你的美好形象，才能綿延到人類的盡頭——最後審判的時刻。最後審判亦稱末日時刻，按基督教教義，上帝耶穌將於那天審判一切已死和未死者，將他們分為善人和惡人；前者升天堂，後者下地獄。戰神，原文為Mars，即羅馬神話中的戰神馬爾斯。本詩是莎翁的代表作之一。

56

甜蜜的愛，快補充力量，不要說
你的鋒芒竟比食慾還要遲鈍，
食慾到明天便又感覺到飢餓，
雖然它在今天已經飽餐一頓。
愛，你也應如此，雖然今天你已
讓餓眼看個飽，飽得闔上眸子，
但明天還要看，不要讓不斷的
昏睡把愛的精神生生地殺死。
且讓這悲慘的暫別有如波瀾，
把兩岸新近訂婚的人兒隔開，

他們每天來到岸邊，當一看見
　愛又來了，心裏旋即更感愉快；
　　或叫它作冬天，它充滿了憂思，
　　　令夏日的到來更動人、更寫意。

題解：詩人對愛說，自己將與愛友暫別，兩岸新近訂婚的人每天應到海邊去尋求愛。此詩見於古希臘神話中赫羅與勒安德（Hero and Leander）的故事。赫羅和勒安德是一對戀人，為了同戀人見面，後者每夜渡過勒斯蓬特海峽（即今達達尼爾海峽），因誤會雙雙溺死於海中。羅馬詩人奧維德和莎翁的同時代詩人克利斯托弗．馬洛（Christopher Marlowe）均曾以此為題材賦詩。

57

當了你的奴隸，我還能幹甚麼，
除了時時刻刻遵從你的意旨？
我的光陰在百無聊賴中度過，
再沒有事可幹，直到你又指使。
我的君主，我為你看守着時鐘，
可不敢張口咒罵無盡的時間，
也不敢想想別離引起的苦痛，
當你揚聲對你的僕人說再見。
我更不敢帶着猜疑的心查訪
你到哪兒去，或揣測你的現狀，

像個悲慘的奴隸，甚麼也不想，
只想着你使得人們多麼歡暢。
愛真是傻瓜，只聽從你的指令，
你幹甚麼，他都以為不存壞心。

題解：詩人在本詩中這樣說，我愛你，但除卻時時刻刻遵循你的意旨，我又能幹些甚麼呢？詩人稱愛友為君主，則自己只有臣服於愛友一途，他不敢揣測愛友的心思，只想着像悲慘的奴隸一樣，令周圍的人心情歡暢。

58

讓我成為你的奴隸的神，禁止
我在思想限制你快樂的時光，
禁止你計算怎樣地打發時日，
作為臣屬，我只配聽任你閒逛。
啊，讓我去靜待你的招手，忍受
因你倏忽來去而落得的孤獨——
我已經忍慣了，對於你的詛咒，
也不加以譴責，對於你的欺侮。
你可以到處漫遊，你有這樣的
特權，它大得足夠讓你去支配

你自己的時間，你甚至於可以
饒恕你自己所曾犯下的大罪。
雖然等的是地獄，我總得等待，
我不怪你享受，管它是好是歹。

題解：就像上詩一樣，詩人仍稱愛友為君主，自己只配聽任他的詛咒和欺侮，忍受一切。即使像身處地獄一般淒苦，仍須苦苦等待。

59

倘若全沒有新事，眼下有的於
過去也有，我們的腦子竟受騙，
它們努力締造，只徒然孕育出
一個孩子，他昔日已降生人間！
啊，但願回憶能令回顧的目光
（即令太陽已運行不下五百次），
在古籍中向我展示你的形象，
既然思想首先是見之於文字，
如是，我才得以窺見古人怎樣
把你的丰姿驚嘆為一樁奇觀；

究竟是我們好，抑或他們更強，
究竟是已改變，抑或一仍舊貫。
啊，我敢說昔日那些賢明之士
他們揄揚的對象實遜色於你。

題解：詩人在這首詩裏沿用了希臘畢達哥拉斯和斯多葛哲學流派的「循環說」。這種學說認為時間運行若干年為一周，一切都在重複過去發生的事情，太陽底下無新事。詩人說，他想在古籍中窺見古人怎樣把愛友的丰姿嘆為奇觀，昔日的那些賢明之士，他們揄揚的對象其實並不如你。則愛友的俊美可以想見。

60

像波浪湧向海岸，它遍佈卵石，
我們的光陰很快就走到盡頭，
每當前浪消逝，後浪繼而淹至，
連續不斷地朝前方沖刷奔流。
那新生的子嗣在光明的海洋，
一旦攀爬為頭戴桂冠的成人，
奸詐的侵蝕便忙着拿他開仗，
時間則破壞自己饋贈的禮品。
它戳穿了置於青春中的旖旎，
在美的前額挖上一道道淺槽，

自然的真理之瑰寶遂被吞噬，
那兀立的都逃不過它的鐮刀。
我的詩章將永遠與時流同在，
歌頌你的價值，雖毒手也難改。

題解：根據「循環說」，在時間的奔流中，波浪湧向海岸，前浪消逝，後浪繼而淹至。猶如新生的子嗣成為頭戴桂冠的成人。但不到一會兒，時間便破壞了自己饋贈的禮品，成熟一變而為衰老和死亡。但只要我的詩章存在，則毒手也難以改變你的價值。

61

是否你有意用你的形象，在此
漫漫長夜撐着我沉重的眼瞼？
是否你希望用酷肖你的影子
嘲笑我的視力，打攪我的酣眠？
是你打老遠的家裏，打發你的
靈魂到我這兒窺察我的操行，
來查訪我這懶散羞慚的時日，
好達到你嫉妒的目標和用心？
啊不，你的愛雖多，卻沒有這大。
是我的愛使得我的雙目無眠，

是我的真愛使得我輾轉臥榻，
為着你，甚至不惜把守夜承擔。
我為你守夜，你在他處眼睜睜，
離我遠遠地，與他人卻太接近。

題解：詩人說，是愛友的形象使得自己在漫漫的長夜夜不成寐嗎？他答道，當然不，你的愛雖多，還不至大成這樣，是我的愛令我夜不成寐，是我的真愛令我輾轉臥榻，但我為你守夜，你卻在遠處眼睜睜地覬覦着別人。詩人寫盡了自己既愛又妒的心思。

62

自憐這罪行佔據着我的眸子，
我全部的靈魂，以及我的四肢；
這一罪行縱有藥石也難醫治，
它深深地盤踞在我的心坎裏。
我想沒有比我更綽約的俊臉，
更勻稱的身段，更珍貴的誠摯，
我為自己的價值作如下規限，
這所有價值都不能與我相比。
但當我用鏡子照着自己的臉，
臉孔黝黑，老氣橫秋，頽然皸裂；

我發見我的自憐只適得其反

　這自憐的本身就是一種罪孽。

　　我讚美我自己，實際是揄揚你，

　　　用你的俊美把我的老邁掩飾。

題解：Sin of self-love 指的是希臘神話人物那耳喀索斯的自戀或自憐，中國也有一句類似的成語，曰顧影自憐。詩人對愛友說，他覺得自己非常俊美，身段勻稱，為人誠摯，但這所一切都不能與我相比。當他攬鏡自照，才知道自己已變蒼老和憔悴，原來他想把愛友的美看作是自己的美，因為他與愛友渾然一體。

63

為預防我的愛將來和我一樣，
終被時間的毒手碾壓和耗損，
歲月吸乾他的血，在他的額上
刻滿了皺紋，在他青春的侵晨
終要步入暮年那崎嶇的黑夜，
眼下他仍然對所有的美稱王，
或遲或早，這美終被漸次消滅，
悄悄地偷走他的青春的寶藏——
為着這時刻到來，我加緊防禦，
準備砍鈍歲月那無情的利劍，

他可以把我愛人的性命攫取，
但攫奪不了我對愛人的思念。
　他的美將把我黑色的詩洞燭，
　他在詩裏長青，也令詩行永駐。

題解：在第六十三至六十八首詩中，詩人不再直接與誰說話，而是用 my love 或 he 代替了 thou，第六十三、六十七和六十八首更直接指出詩人的愛友是一個男性。詩人怕時間會攫奪愛友的美，乃加緊防禦，準備砍斷歲月那無情的利劍。愛友的美因此獲得永生。

64

當我看見，那昔日的奇珍瑰寶
被冷酷的時間的手掌所摧毀，
當我看見，那高塔終究被推倒，
死亡的暴力教青銅化作飛灰，
當我看見，那飢餓的狂濤巨浪，
一口口地啃噬着海岸的土地，
堅實的陸地隨之侵蝕着海洋，
此消彼長，彼消此長，紛爭不已。
當我看見這互為盈虧的局勢，
甚至連盈虧本身也行將腐朽，

劫難遂教我的腦子轉着心思，
　當時間一到，我的愛定被攫走。
　這心思有如死，但它別無選擇，
只哭喪着臉惟恐他就此夭折。

題解：高塔被推倒，死亡的暴力教青銅變作飛灰，飢餓的狂濤巨浪一口口地啃噬着海岸的土地，大地和海洋互為盈虧，甚至連盈虧自身也行將腐朽。當時間一到，我的愛定被攫走，這個心思別無選擇，只有哭喪着臉就此死去。

65

無論鐵石土壤，抑或無際的海，
這些力量都難擋悲慘的死亡，
美的力量不比花朵更有能耐，
她又怎能夠與這暴力相頡頏？
啊，夏日的芬芳怎能起而相抵，
擊退蕭殺的季節毀滅的包抄？
時間在腐蝕，那巍然聳立着的
磐石、鋼鑄的大門，已不復牢靠？
啊，多駭人的思想；時間的寶物
如何免於被拖進時間的匣子？

甚麼大手能抓住時間的捷足，
誰能制止住他對於美的劫持？
啊沒有，除卻這奇蹟能有力量，
我的愛能在墨跡中大放光芒。

題解：無論是鐵石土壤，抑或無際的大海，都抵擋不住悲慘的死亡；美面對暴力就像一朵花兒，難阻蕭殺的季節毀滅性的包抄。巍然聳立的磐石、鋼鑄的大門，都不堪時間的腐蝕。詩人說，我的愛猶如一雙大手，制止住死亡的劫持，使之在墨跡中大放光芒。莎士比亞在劇本《愛的徒勞》寫過一段類似的詩行：「詩人不敢提筆抒寫他的詩篇，除非他的墨水裏調和着愛的嘆息。」

66

一切全令我厭倦，我呼喚長眠，
當我眼見天才終須要當乞丐，
無聊的草包出落得衣履光鮮，
最純潔的信念不幸遭人出賣，
高貴的榮譽竟被顛倒了席位，
處女的貞潔被暴徒橫加玷污，
力量被瘸腿的威勢打成殘廢，
正義的完美被錯誤施以淩辱，
藝術被權威鉗制得噤口難言，
儼如博士的愚蠢統治着技巧，

清明的真理被視作笨拙不堪，
被幽囚的善侍候着惡的首腦。
一切令我厭倦，我欲離開人世，
只是我去了，撇下我的愛孤寂。

題解：本詩中，莎翁舉出十一組對比，用以證明他所處的時代，是怎麼一個黑白顛倒、是非混淆的時代。除引入正題的第一行，用作總結的第十三、十四行外，其他都是對比。他最大程度地調動了形式所允許的空間，組成鮮明、斬截、絕無調和餘地的一連串對比，刻劃了一夥翻手為雲、覆手為雨的宵小們的醜態。還有一處地方是見於原詩，而譯詩表達不出的，即十一組對比，每一句都用了 and（譯詩用「被」聊作呼應，但只勉強湊成六組，由於「被」字發音短促，原詩的氣勢勢必難以維持）。修辭上用排比，一般用到四個已盡夠，再多就不免有造作之嫌。惟獨莎翁這樣的大手筆，能夠突破樊籠，而又不覺其牽強。

67

啊，為何他要和瘟疫同住一起，
因了他的出現而令邪惡增光，
罪惡陪伴着他遂無往而不利，
因了與他交往而令罪惡輝煌？
緣何用化妝術模仿他的俊顏，
為他的秀頰竊取僵死的模式？
為何可憐的愛要間接地聚斂
玫瑰的影子，既然玫瑰是真的？
為何他活着，既然造化已破產，
貧血使潮紅無從在脈管湧流？

除他外，造物再沒有別的資源，
她自詡富麗，只靠他所得餬口。
啊，她藏有他，只為把富麗炫示，
直至最後厄運來臨，都在一起。

題解：詩人為何要和瘟疫生活在一起，因了他的出現而令邪惡增光，因了與他交往而令罪惡輝煌？世人為何用化妝術模仿他的俊顏，為他的粉頰偷竊僵死的模式？可憐的愛為何要間接地聚斂真玫瑰的影子，既然造化已破產，因了貧血潮紅無從在脈管中湧流。詩人斥責世人假惺惺地塗脂抹粉。但造化藏有了他，直至厄運來臨，仍在炫示她的富麗。

68

當美像今天的花，盛開又衰敗，
他的臉頰遂成為古代的圖譜，
那時，美假冒的徽章沒人佩戴，
或不敢挪到活人的前額居住——
那時，從墳墓裏掘到的死者的
金髮，也不曾被人用刀子鉸斷，
在別人的頭頂上活上第二次——
死人的金髮遂不曾再度斑斕。
神聖的疇昔從他的身上顯現，
沒有半點矯飾，它本色而真實，

也不假別的夏天的新綠妝點，
更不齒竊取古董去把美附麗；
造化把他儲藏着做一張圖譜，
教贗品去認識昔日美的面目。

題解：如果說前詩描繪的是人為的塗脂抹粉（「美假冒的徽章」），那麼本詩形容的則是以假髮來掩飾自己的童山濯濯（「死人的金髮遂不曾再度斑斕」），從而令神聖的疇昔（即年輕時姣好的外貌）在身上顯現，沒有半點兒矯飾，來得本色而真實。

69

世人的眼睛審察着你的外貌，
世俗的心靈想不須再加改進，
作為心聲的舌頭要給你公道，
這是連仇人也不否認的實情。
你的外貌贏得了表面的稱賞；
雖則這舌頭仍讚美你的婉孌，
但他們比眼見的要更為深長，
遂用別一種語言推翻了讚嘆。
他們對你的內在美加以注視，
並且用猜測來衡量你的行為；

他們目光溫煦，思想卻極粗鄙——

說你這鮮花有種莠草的惡味；

但為何你的形和味不相匹配，

有這等土壤，你自難超出儕輩。

題解：詩人對愛友說，外貌的姣好固然重要，但你的內在美也不能忽視，倘若缺乏了內在美（「他們目光溫煦，思想卻極粗鄙」），則鮮花難免有種莠草的惡味。內在美絕不能庸俗，必須脫俗，一旦形與味不相匹配，在這等土壤上，你的外在美自難有內在之美。

70

你被讚美並不是因你的缺失，
只為誹謗專門找美人作目標；
美的裝飾品端在他人的猜忌，
一如黑鴉在亮麗的天空飄搖。
你的稟性善良，誹謗只能證明
你博大的價值，向為世人傾慕；
罪惡如尺蠖鍾愛甜蜜的花心，
你那純潔的青春不曾被玷污。
你打青春期的伏兵突出重圍，
不曾受攻擊，或以反擊獲勝利；

縱然對你加以讚美，但這讚美
並不能抑止不斷擴大的猜忌。
你的臉不曾被惡的猜忌淹沒，
你便是統有眾心唯一的王國。

題解：詩人說你被人指責，並非因自身的缺失，那只是誹謗專找美人作目標，一如黑鴉在亮麗的大地飄搖，罪惡如尺蠖鍾愛甜蜜的花心，僅此而已。詩人告誡愛友，面對他人的猜忌，只要稟性善良，誹謗適足證明你博大的價值。古希臘詩人荷馬在長詩《奧德賽》中有句：「豁達的心胸能專事修正誹謗的惡舌。」與莎翁的意旨大體相同。

71

當你聽到喪鐘哀哀昭告世人，
我已棄世而去，從粗鄙的人間
去到與更粗鄙的蛆蟲堆廝混，
你無須再為我悲哀，為我垂憐。
喏，倘若你讀到這首詩，請忘卻
那隻寫下它的手，我這樣愛你，
寧願被你甜甜的心靈所棄絕，
假如記得我，你不免平添憂思。
啊，聽我說，倘若你讀到這首詩，
其時也許我早已跟黃土為伍，

請不要再念叨我可憐的名字，
就讓你的愛與我的生命同腐。
免得狡黠的世界識穿這悲痛，
在我死後利用我來把你嘲諷。

題解：詩人請他的愛友勿為自己棄世而哀傷，更無須垂憐，平添憂思，繼續念叨着自己可憐的名字。我所鍾愛你的那隻寫下它的手，寧願被你所棄絕，以免死後遭人嘲諷。

72

啊，免得世人硬逼着你去商榷
我究有何種優長，我死亡之際
你仍然在愛。愛人，把我全忘卻，
只為你不能證明我有何價值；
除非你發明一些高貴的謊話，
把我吹捧得高於本來的面目，
用更多藻飾朝已死的我披掛，
更甚於慳吝的真實所願給予。
啊，免得你為愛的緣故而撒謊，
使得你的真愛被視之為虛偽，

讓我的姓名與身體一同埋葬，
　免得它活着徒然令你我生愧。
　只因我捎來的東西令我羞慚，
　你愛了不該愛的，你也就赧然。

題解：詩人告訴他的愛友，不可吹捧真愛，將真愛揄揚過度反倒變成了謊話。詩人謙遜地説，他的詩不值得愛友去愛，若然你愛了不該愛的，只配赧然生愧。

73

從我身上你能看到那個時辰，
或黃葉無存，或寥落飄零，掛在
那被寒冷的風搖撼着的枝梗，
那好鳥曾鳴囀的傾圮唱詩台。
從我身上你看到一天的昏暗，
夕陽在西方業已消隱，漆黑的
夜晚，那死神的化身，只一瞬間
就把一切都包攬到一起安息。
從我身上你看到灼熱的火光，
它平躺在青春的餘燼和冷灰，

猶之躺在靈床上佇候着死亡，
和哺育它生命的一塊兒銷毀。
看到了這些，你的愛將更堅強、
更溫柔地深愛你，它行將夭亡。

題解：此詩寫的是暮年的哀愁。唐詩人司空曙《喜外弟盧綸見宿》、劉禹錫《唐郎中宅與諸老同飲酒看牡丹》各有句：「雨中黃葉樹，燈下白頭人」「但愁花有語，不為老人開」，與莎翁詩中的「或黃葉無存，或寥落飄零，掛在／那被寒冷的風搖撼着的枝梗」如出一轍，都是在傷老悲秋，雖則看到青春的餘燼與冷灰後，他的愛將更堅強，並更溫柔地愛你。

74

儘管有兇狠的巡捕把我逮走
並不准保釋，你仍然可以釋懷，
我生命仍有部份在詩裏存留，
它將伴着記憶永遠與你同在。
當你重讀這首詩，你當能看出
它有相當一部份是奉獻於你。
泥土只能收歸它應得的泥土；
我的菁華所在，精神，它是你的。
你損失的不過是生命的微塵，
我的軀體死了，蛆蟲據以果腹，

成了壞蛋刀俎下可憐的犧牲，
它未免太低鄙，不值得你記住。
我身體的價值在於它的精神，
而精神就是詩，它將與你長存。

題解：詩人希望愛友在他死後（以「兇狠的巡捕」喻死神）會稍感釋懷，因死去的只是詩人「生命的微塵」（以喻肉體），不值得記取：而他的菁華，卻留在詩人的詩中與愛友長存。

75

你於我的心如食物之於生命，
或者如及時的甘露之於大地；
我在拼搏爭鬥，僅為你的安寧，
一如守財奴為財富坐無寧日；
此刻我還在享受着，心高氣傲
隨即生怕流年竊去他的財富；
此刻還認為與你廝守着最好，
然後又想世人看到我的樂趣；
有時候陶醉於飽看你的盛饌，
不久後又因凝睇而餓得發慌；

追求或佔有別的我才不稀罕
除卻那快樂是得自你的身上。
就這樣我飽上一天又餓一天，
不是撐得難受便是空自垂涎。

題解：詩人對愛友說，你對於我的心有如食物之於生命，或者有如及時的甘露之於大地，我為他的安寧而拼搏爭鬥，隨即生怕流年竊去他的財富，乃陶醉於飽看你的盛饌。這樣我飽上一天又餓上一天，不是撐得難受便是空自垂涎，一如守財奴為財富而坐無寧日。

76

為何我的詩全沒一點兒新奇，
沒有轉折，全沒有輕靈的變化？
為何我不屑與時而俱進，刻意
追求詭異的辭藻、標新的技法？
為何我的吟詠不脫一種題旨，
老是沿用那一襲舊式的華裳，
幾乎每個詞都訴說我的名字，
揭櫫的只有詞的出處和去向？
甜愛啊，我寫來寫去的還是你，
你和愛是我寫之不盡的題材。

我將竭盡所能賦新意於舊詞，
把已經寫過的重新又寫出來：
既然太陽下每天有新舊嬗替，
我的愛遂將那舊話兒又重提。

題解：詩人寫詩卻沒有一點新意，既無轉折，也沒有輕靈的變化，我吟詠的只沿用一種題旨，穿的也是一襲舊時的華裳。我寫來寫去的全是你，你和愛是我寫之不盡的題材，就如太陽每天東升又西下，我所説的舊話兒都是愛。

77

你的鏡子照出你的美在消逝，
你的日晷顯示出華年在流失；
空白的冊籍標記心靈的痕跡，
你可以從這本冊籍獲得教益。
你的鏡子如實反映出的皺褶，
向你提示大張着巨口的墳墓；
打日晷潛移的陰影，你該懂得
時間在無聲無息地流向亙古。
看吧，記憶所承負不了的東西，
你可託付給空頁，你就會目睹

從你的腦子哺育、交出的孩子，
將予你的心靈以簇新的印戳。
倘能時時把這些功能去重溫，
你便得益，令冊籍的價值倍升。

題解：詩人按當時的習俗贈送愛友一冊空白的冊籍，你可以從這本冊籍獲得教益。時間在無聲無息中流向亙古，記憶所承負不了東西，你可以用來記錄愛友的思想，如果能夠時時去重溫這些功能，那麼這一冊冊籍的價值便得以倍升。

78

我時時祈求你充當我的繆斯，
為我的詩覓得你有益的襄助，
使他人的筆都競相向我模擬，
在你的保護下把詩加以刊佈。
你的眸子曾教啞巴高歌一曲，
令沉重的無知高高飛向藍天，
又令飽學者的翅膀平添翎羽，
令溫文爾雅賦予雙重的威嚴。
但我的作品應使你最為驕傲，
那是為你所感應，被你所催生。

對他人的作品你僅修飾格調，
用柔婉的秀美裝點這些詩文；
但你就是我的詩藝，是你抬舉
我的愚頑，使至於飽學的程度。

題解：詩人昔日時時祈求愛友充當我的詩神，令我的詩覓得他的襄助，眼下卻有他人用筆模擬我，把詩加以刊佈。詩人說，我本是啞巴，甚至所識無多，是飽學者如你令我平添翎羽，溫文爾雅者如你賦予我雙重的威嚴。故而你就是我的詩藝。

79

當初我自個兒祈求你的幫助，
只有我的詩行欣賞你的俊美，
眼下我高雅的詩行已變腐熟，
我的病繆斯給他人騰出空位。
我承認，甜心，你那美好的主題
應由一支更高明的健筆渲染，
無論你的詩人發明何種技藝，
他不過剽竊自你，然後再歸還。
他給你美德，這個詞乃從你的
行為偷來。他給你的俊俏模樣

原從你的秀頰撿得，他只能以
你本身稟有的美把你去揄揚。
不須去感謝他說過的那些話，
既然他稟有的是你自己給他。

題解：詩人對愛友說，當初我自個兒祈求你的幫助，只有我的詩行在欣賞你的俊美，但我高雅的詩行已變得腐熟，因我生病的繆斯已給他人騰出了位置。我承認，你那可愛的主題，應由一支更高明的健筆渲染。詩中所謂的健筆（第八十三首更明確地指出兩位詩人），有莎學家指係喬治·恰普曼（George Chapman）和克里斯托弗·馬洛，都是莎翁同時代詩人。不過，這些個詩人發明的技藝，都是剽竊自你，他賦予你的俊俏模樣，原從你的秀頰撿得，實在不須去感謝他說的話。

80

啊，當我寫到你，我多麼地氣餒，
獲悉一個天才利用你的聲望，
只為在表彰你時封住我的嘴，
遂不遺餘力地把你加以揄揚。
既然你的品德像大海般無垠，
卑賤的猶如高貴的一般承受，
我冒失的舢舨雖難與他比併，
也定要在你寬闊的海面漂流。
你只消輕輕一推我便能浮游，
而他在你無邊的深海中遠航；

當我一傾覆便成廢棄的沉舟，
而他照樣傲岸雄偉，挺拔軒昂。
如果他成功了，我定必遭唾棄，
最糟的，是我的愛把我給拋擲。

題解：詩人說，當我寫到愛友時，獲悉一個天才利用你的聲望在表彰你時封住我的嘴，於是感到十分氣餒。但你的品德像海洋般無垠，卑賤的猶如高貴的一般承受。我冒失的舢舨雖難與他比併，但也定要在無邊的深海中照樣遠航。如果他成功了，我定必遭唾棄，最糟的是，是我的愛把我給拋擲。

81

不是我活着替你書寫墓誌銘，
便是你活着而我在土裏腐爛，
縱然我的一切都被淡忘殆盡，
但是死神取不走對你的思念。
從此，你的名字將會流芳百世，
而我一旦遠去，便把人間撇離。
大地賜予我的是普通的墓地，
而你將永遠活在世人的眼裏。
你的紀念碑是我溫柔的詩句，
未來的眼睛將把它一再展讀，

未來的舌頭將把它一再敍述，
那會兒其他人都已葬身黃土，
我的筆偏生有這等本事，讓你
活在嘴裏，他們賴以透氣之地。

題解：詩人對愛友說，儘管他倆總有一個先死，但你的詩終因愛友的名字而流芳百世，你的紀念碑是我溫柔的詩句。詩人未免過於謙抑恬退，倘非他的詩仍一再被人展讀和敍述，到今天還有誰會記得愛友其人？

82

我承認你沒跟我的繆斯結縭，
所以詩人用你作他們美好的
主題去善頌善禱，因此你得以
毫不愧怍地俯察每一本冊籍。
你的識見超卓，一如外形英挺，
發見你的優長高於我的頌詞，
於是你被迫重新尋求，那簇新
時尚所具有的更簇新的標記。
這當然可以，愛；而他們使用的
只不過是一種浮誇的修辭術，

你卻真實地再現於你真誠地
　摹寫的朋友那些真切的話語；
　　你們那俗艷的化妝還是用到
　　　貧血的臉頰，用於你全然錯了。

題解：由於詩人不曾與愛友結縭（以喻兩人訂下契約，終生不渝），因此詩人對別人（別的詩人）用你作他們美好的主題去善頌善禱，而你毫不愧怍地俯察每一本冊籍表示寬容。但這些詩人用的是一種浮誇的修辭術，而我卻真實地再現我真誠摹寫的話語。他們那俗艷的化妝術還是用到貧血的臉頰上吧，你的俊顏完全不需這虛假的一套。

83

我不曾發見你需要塗脂抹粉，
故而從來不為你的俊顏妝點；
我發見，或自以為發見，你遠勝
那詩人因負債而奉上的芹獻；
因此我遂中輟對於你的歌頌，
好讓你自己活靈活現地表明
新式的禿筆完全無補於實用，
讓它來讚美你所稟有的德行；
你竟誤將我的沉默加以入罪，
其實我無言適為最大的稱譽；

只為我保持緘默就不破壞美，
別人要給你性命偏帶來墳墓。
比起你兩位詩人的曲意逢迎，
你的一隻美眸有着更多生命。

題解：詩人告訴他的愛友，不要接受別人粗俗膚淺的讚美，更不要將我的沉默入罪，我無言其實就是最大的稱譽。他的愛友本身遠遠勝過詩人們菲薄的歌頌。恰普曼以翻譯荷馬史詩揚名英國文學史，馬洛如非英年早逝，詩名決不在莎翁之下。

84

誰說得最漂亮，有些甚麼揄揚
能比說你就是你更顯得裕如——
在這範圍裏蘊含有如此寶藏，
這寶藏的榜樣誰能與之比附？
這筆倘不能給他的對象賦予
一些光彩，那它委實就太貧乏，
但寫你的人，倘若他能夠講出
你就是你，使得他再踵事增華。
讓他照抄你身上原有的句子，
不止於損壞造物締造的清新，

謄抄將使他的作品光芒四溢，
使得他的風格到處廣受歡迎。
你把詛咒加諸你美好的祝福，
你愛被讚美，那讚詞頓顯惡俗。

題解：沒有比「你就是你」這樣的揄揚更為本色。相比之下，一切讚詞都顯得多餘、惡俗。李白有句「清水出芙蓉，天然去雕飾」，中國古代哲人的一句名言：「傳其常情，無傳其溢言」（《莊子．人間世》），「你就是你」即天然、常情，去雕飾；溢言者，誇飾之語是也。

85

我的繆斯出於禮貌緘默無言，
當對你的讚美寫得連篇累牘，
用金色的筆把它們一一展現
那全體繆斯潤色的精選詩句。
人有絕妙好詞我有良苦用心，
有如不識之無的小教士，老是
應一聲阿門，當有能耐的精靈
用精美的羽毛筆把讚歌修飾。
我聽見人讚美你說「正是」「這樣」，
在極口讚美中再加一些諛詞；

但在我的思想，這愛你的思想，
雖然說在最後頭，卻想在頭裏。
那麼，請尊敬別人談到的話題，
努力揭示我默默無言的沉思。

題解：詩人默默地聽別的詩人讚美他的愛友，他自謙說，人有絕妙好詞我有良苦用心，像一個不識之無的小教士，只懂得喊一聲阿門，如此而已。但他在心中卻說了比別人更多的讚美之詞，儘管說得最後，想到的卻最早。

86

是否他偉大的詩章扯滿帆篷，
駛去捕捉你這極珍貴的獎賞，
使得我成熟的思想葬在腦中，
使得它們的子宮變成了墓壙？
是否他的心靈被精靈們指點，
達到人世高度，予我致命一擊？
不，不是你，也不是夜半的夥伴
給予他幫助，嚇退了我的詩思。
他，和每個晚上用機智去愚弄
他殷勤的精靈，都不是勝利者，

不能誇稱他們打得我變懵懂，
我不是因怕他們而驚惶失色。
一旦你的恩惠充滿他的詩文，
我的靈感成空，全然失卻詩情。

題解：詩人告訴愛友，擊敗自己的是愛友只青睞他人的詩句，而把自己冷落在一旁，這真令人喪氣！如此創作心理談，看似淺易，卻是深中肯綮。第四行的 the womb（子宮），有註家釋為 my brain 之意，姑錄出藉供參考。

87

再見，你太高貴我再難以擁有，
你多半已認識到自身的價值，
你的價值的特權使你得自由；
只好全部終止我對你的權利。
除非你俯允我怎能把你佔有，
這樣的好運道我怎生配得起？
我沒有接受這份厚禮的理由，
這樣我只好把專利奉還於你。
你把自己捐贈是不知道身價，
或者你把它給我是錯認了人；

所以你的厚禮乃是源於誤解，
那麼回家吧，細細地加以辨認。
像一場美麗的夢，我曾擁有你，
夢中我稱王，醒來甚麼都不是。

題解：詩人向愛友告別，請他撤銷兩人以前因誤解而訂立的誓約。本詩詩意顯豁，無須再加疏解。但有一點須加申說，本詩有十行以 ing 結尾的弱韻（feminite rhymes），借以傳達一種幽遠傷懷的情調。這點譯詩自難效颦。

88

當你有一天要把我加以蔑視，
把我的長處置於嘲諷的眸子，
我將站到你一邊反對我自己，
好證明你的德行，雖在發假誓。
我完全明瞭自身稟有的短處，
為了你的利益，我能編造我的
不為人知的缺陷，把自己貶黜，
使你因拋棄我而更感到得意。
而我也因了這而有更多收益，
既然我全部的戀情都通向你，

則我把一切傷害加之於自己，
既給你好處，更雙倍於我有利。
我整個屬於你，我的愛是這樣——
為了你我甘願擔起所有誣枉。

題解：詩人承認愛友對自己的貶黜並非空穴來風，甚至不惜信誓旦旦地胡編濫造自己的缺失，以求愛友找到捨自己而去的藉口，與一般情人在戀人面前肆意拔高自己，適得其反。

89

你說你拋棄我是因我有缺失，
於是我願把這冒瀆加以分說，
說我是殘廢，我馬上成為跛子，
你反對我的理由我決不反駁。
愛，你變了心卻裝做若無其事，
這樣去侮辱我還不如我侮辱
自己之半，我懂得你心中所思，
我將斷絕過從，從此成為陌路，
不再伴你散步，而在我的舌端
不復留駐於你那甜甜的名字，

免得我過於冒瀆而失諸檢點，
偶爾暴露出咱倆原是老相識。
為了你，我發誓我與自己為敵，
只因你憎恨的人我決不顧惜。

題解：詩人願意承認愛友曾侮辱自己，以證實愛友的話一點兒不假，兩人就此斷絕過從，甚至成為陌路。他不再提愛友的名字，免得暴露兩人是老相識。為愛友，詩人發誓與自己為敵，因為愛友憎恨的人自己也毫不顧惜。

90

倘若你憎恨我，就打現在開始，
趁世人決意同我作對的當口，
不要打擊過後再予我以打擊，
串同厄運沆瀣一氣令我低頭。
啊不要，當我的心已擺脱怨嗔，
等我征服悲傷再來一個悲傷；
一夜風狂勿繼以霪雨的翌晨，
把那注定要來臨的家園延宕。
倘若拋棄我，不要最後才拋棄，
當其他的小痛苦要肆意刁難，

讓它們馬上就來，讓我一開始
就嘗到最惡劣的命運的威權，
其他的憂悒現在看去是憂悒，
比起失去你就滿不是一回事。

題解：詩人懇求愛友說，要分手就乾脆分手，不要拖拖拉拉，磨磨蹭蹭，令我備受打擊。倘若要拋棄我，勿讓痛苦肆意刁難，到最後才拋棄。

91

有人以閥閱為榮，有人以才幹，
有人用財富誇口，有人以膂力，
或以衣飾炫耀，雖則式樣難看，
或以獵鷹和獵犬，或以其坐騎；
每一種氣質各有相應的樂趣，
在其間尋得超越其他的樂事。
但這種種趣味不是我的尺度；
我有一種快樂勝過其他事體。
你的愛勝過我那高貴的閥閱，
勝過財富，更勝過豪華的衣帛，

比獵鷹和坐騎有更多的喜悅；
我有你，乃在所有人面前誇說；
只有這點堪憐，你拿走你的愛，
撇下了我沉浸於無比的悲哀。

題解：詩人認為愛即一切，勝過高貴的閥閱，勝過財富，勝過豪華的衣帛，比英國貴族引以為傲的獵鷹和坐騎擁有更多的喜悅，詩人有了愛，便可以在任何人面前誇說。然而一旦失去了愛，他就沉浸於無比的悲哀之中。誠如英國湖畔詩人塞繆爾·科爾律治（Samuel Coleridge）在〈愛情〉一文中談到的：「一切思想，一切情感，一切愉悅，一切激起愛情的事體，都不過是在愛情手下服役的臣子。」

92

但你大可以讓自己偷偷溜走，
你確乎規定着我生命的時限，
我的生命不比你的愛更長久，
它原是靠你的愛才得以苟延。
既然小災小難我仍難逃一死，
那我又何須害怕最大的災禍。
我瞥見屬於我的較好的時機
比起靠着你的脾性去討生活。
你心靈的無常不復令我痛楚，
既然我的生命繫於你的變異。

啊，我業已覓得那幸福的證據，
幸福地得到你的愛，幸福地死！
但哪兒有不怕被玷污的美滿？
你可能會變心，而我則被隱瞞。

題解：詩人認為，知道對方變異並不可怕，最糟的是不知對方變了心，卻還在自我陶醉。詩人懷疑：既然我的生命繫於你的變異，我業已覓得那幸福的證據，能夠幸福地得到你的愛，幸福地死嗎？

93

如是我將活着，設想你還忠實，
有如被騙的丈夫，愛人的模樣
儘管看去還在愛，實則已變異：
你緊盯着我，心靈卻在另一方。
只因在你的眼裏不存有恨意，
所以我不能從中窺見有變異。
多數人的模樣，那虛偽的心跡
就顯示在脾性、蹙額和皺紋裏，
但在上帝決意創造你的時候，
就讓甜蜜的愛留駐在你臉上，

無論那思想和心靈如何游走，
只甜甜一笑，不曾留下啥模樣。
倘你的懿德與外貌迴不相合，
你的美頓變成夏娃的智慧果。

題解：詩人對愛友説，倘若你變心要及早告訴我，否則他相信愛友仍然在愛他，他的愛友的外貌儘管那麼可愛，那麼甜蜜，但彼此的品德與外貌卻大不一樣。據《聖經》，夏娃受蛇引誘，違反上帝禁令，偷吃善惡樹上的蘋果，因而與亞當雙雙被攆出伊甸園，這就是基督教所謂的原罪。西俗喻夏娃的蘋果外觀誘人而內藏兇險。

94

他們有力量傷人而不去出擊，
看起來會這樣做而不屑去做，
感動了他人而自己猶如頑石，
不為所動，冷冰冰，拒不受誘惑——
他們理當去繼承天生的麗質，
精明而節儉地管理着大自然；
他們是面孔的所有者和主子，
別人不過是這些美貌的監管。
夏天的花朵向夏天發出溫馨，
儘管它僅為自己發榮和枯萎；

一旦花朵染上了卑賤的疫症，
最低鄙的野花也比它更高貴。
最甜的物事一犯賤便變酸腐；
開敗的百合比莠草更不可取。

題解：只有能控制自己感情的人，即感動了他人而自己猶如頑石，才理當繼承天生的麗質，否則一旦花朵染上了卑賤的疫症，最低鄙的野花也比它更高貴。詩人以此告誡愛友，別人不過是這種美貌的監管，要精明而節儉地管理着大自然。

95

你使恥辱變得多麼甜蜜可親，
有如芬芳的玫瑰花中的尺蠖，
恥辱弄髒你含苞待放的美名！
啊，你用甚麼芳香包藏住罪惡！
那宣講你的日常生活的長舌，
把你的娛樂加以猥褻的評騭，
不會是責備，而只是一種獎掖，
一提到名字壞名頭就有福氣。
啊，這些罪惡住着多好的華廈，
當它們挑你當成自己的住宅，

有美能諦視的都化作了輕紗，
眼睛能諦視的都化作了光彩。
請你注意這個大特權，親愛的，
最快的刀割多了也不復鋒利。

題解：詩人為愛友的污點感到羞恥，羞恥玷污了他含苞待放的美名，以致他的芳香竟包藏着罪惡。請你注意這樣一個大特權，最快的刀割多了也會變鈍。

96

有人說你錯在青春，有點荒唐，
有人說你美在青春，溫柔倜儻，
你的美和錯無論貴賤都欣賞，
錯失到你的身上遂變得正當。
那登上寶座的女王，她佩戴的
即使是劣等鑽石，也備受尊敬，
這些在你身上被發見的錯失
也都言之成理，被看作好事情。
有多少羔羊被惡狼加以誘捕
倘若惡狼能變做羔羊的模樣，

有多少愛慕者被你引入歧途，
　倘若你能使出你蘊藉的力量。
　　但是別這樣，我這般地熱愛你，
　你屬於我，你的美名也是我的。

題解：詩人說，愛友因了青春的緣故，他時或荒唐，時或溫柔倜儻，但他的美和錯無論貴人賤民都十分欣賞。詩人說，倘若惡狼能變成羔羊的模樣，又有多少愛慕者被你引人歧途，使出你蘊藉的力量，請多加注意！本詩第十三、四行與第三十六首的偶句文字完全相同，譯文從之。

97

就像生活在冬天，當我離開你，
那飛掠而逝的歲月中的歡樂！
我感到冷寂，看見漆黑的時日！
到處是蒼老的十二月的蕭瑟！
但是那分離的時刻正在夏天，
果實纍纍的秋因收刈變豐腴，
承擔着春天淫蕩生成的重擔，
有如丈夫死後那懷孕的寡婦。
但是這豐盛的收成，在我眼裏，
僅是孤兒的希望，無父的果實；

夏天和夏天的歡樂伺候着你，
你不在這兒，鳥兒也一聲不吱；
縱使牠們唱，也唱得無精打采，
使得木葉萎黃，生怕冬就到來。

題解：詩人不在愛友的身旁生活，就像夏秋兩季業已逝去，一片蒼老的十二月的蕭瑟景象。冬天冷寂而漆黑，夏天正好是睽離的時日，只有春天承負着淫蕩生成的重擔。你終然不在，鳥兒仍無精打采地歌唱，冬天的日子這般痛苦，它滿目離愁。

98

我離開你的時候正好是春季，
時在繽紛的四月穿上了盛裝，
它為每一件事體平添上春意，
令沉悶的土星去歡笑和跳踉。
但無論鳥兒的歌，還是各色的
花團錦簇而芳香撲鼻的繁花，
都不能令我傾訴夏天的故事，
或者從美麗的花苞把花摘下。
我既不驚嘆百合的一片素淨；
也不歌頌玫瑰那深紅的色澤；

它們不過是芳香、喜悦的形影，
從你這一切的原形模仿而得。
　現在仍然像冬天，你不在這裏，
　我和它們玩，猶如和你的影子。

題解：詩人與愛友在春天分手了，沒有愛友在身邊，披上盛裝的繽紛的四月，鳥兒的歌，芳香撲鼻的繁花，都無從讓我傾訴夏天的故事。可見詩人是何等的繫念着愛友。

99

對早開的紫羅蘭，我這樣叱責：
溫柔小賊，不從我愛人的呼吸
偷來，這香味從何而來？紫紅色
長駐於你柔嫩雙頰的色澤裏，
你整個沉浸到我愛人的血液。
我叱責竊走你素手的百合花，
把你的髮香竊走的牛至花苞；
那在蒺藜叢中顫抖的玫瑰花，
蒼白的是絕望，緋紅的是羞臊；
不紅不白的兩樣都下手偷走，

並在你的贓物加上你的呼吸；
為懲罰這賊，在他最盛的季候，
一隻蛀蟲把他咬得瀕於死地。
我見識過不少花，但不曾見過
不從你身上偷香竊玉的一朵！

題解：詩人說，各種花朵竊走了他的愛友的芳香和色澤，所有的花都薈萃了他愛友的影子。宋人范成大詩曰：「一年春色摧殘盡，更覓姚黃魏紫看。」姚黃魏紫，說的是兩種名貴的牡丹，其色姹紫嫣紅，正合莎士比亞說的「我見識過不少花，但不曾見過／不從你身上偷香竊玉的一朵！」

這首詩共十五行，比其他詩多出一行，其韻式為ababacdcdefefgg。

100

你在哪兒？繆斯，你這樣長久地
忘卻描述那給你力量的所在？
你把激情浪擲到平庸的歌裏？
濫用力量使鄙俗的題目敷彩？
回來吧，健忘的繆斯，用高貴的
韻律去贖回那被虛耗的時日；
對着那耳朵歌唱，它尊敬你的
歌曲，給你的筆以技巧和主題。
起來，懶繆斯，看着我愛的姿容，
看着時光在其間刻下的皺褶；

如果有，你便成對衰老的嘲諷，
令時光的掠奪到處遭人輕蔑。
給我的愛揚名，趁時光未消耗，
如是便制住它的曲刃和鐮刀。

題解：詩人借向繆斯說話回答愛友責備他何以不寫詩，他告訴愛友事緣繆斯把他給忘了，怪不得他。這其實是責怪愛友疏遠了自己，因為愛友就是他的繆斯。詩人召喚繆斯回來，也就是召喚愛友回歸。

101

懶惰的繆斯啊，對浸染的真
你用甚麼辦法彌補你的荒疏？
真和愛兩者都依靠我的愛人，
你也要靠他才獲得你的美譽。
回答吧繆斯，你或許不必嚼舌，
真有不變的色彩而無須刻劃，
美也不須彩筆在畫板上描寫；
完美就是完美，它再不須攙雜？
因他不須讚美，你便三緘其口？
別這樣為沉默辯護，你有能耐，

使他活得比鍍金的墓更長久，
使讚美他的聲音綿延到後代。
負起重託吧，繆斯，我教你怎樣，
教他以後仍不改眼下的俊朗。

題解：詩人責備繆斯為學過於荒疏，詩人代繆斯回答說，我之所以荒疏，實因繆斯無須加以讚美。詩人提醒繆斯說，我不再教你怎樣負起重託，而是讓你不改眼下的俊朗。

102

我的愛加強了，雖然乍看稍弱；
或表達得較少，卻不曾減少愛。
那主子的舌頭逢人就去誇説
它的價值，這樣的愛無異買賣。
我們的愛是初戀，只有在春天
我才慣於用我的歌把它迎迓，
猶之菲羅墨拉在初夏裏啼囀，
到成熟的時日才把嘯聲停下。
這個夏天並非不如牠用悲歌
令夜間安靜下來時那樣愜意，

狂熱的音樂加重樹椏的負荷，
甜美變得平庸便失卻了魅力。
因此，我有時像牠抑止住舌尖，
只因我不想再用歌令你生厭。

題解：詩人對愛友說，我的愛乍看雖然有點弱，其實愛的程度不曾稍減。這就像夜鶯喜歡在初夏歌唱，一旦屆乎盛夏便停下了嘯聲。

菲羅墨拉（Philomela），即夜鶯，在希臘神話中，菲羅墨拉被姐夫姦污、割舌後變為夜鶯。

103

啊，我的繆斯的產品如此貧瘠，
雖然她有的是機會炫耀自己，
那主題雖然不加修飾，但較之
我加以讚美的還有更多價值。
啊，倘我不再寫作，不要責備我！
朝鏡子看吧，那兒出現一張臉，
它超過了我生硬魯鈍的詩作，
使得我羞恥，令我的詩也黯然。
如是，把原本優美的題材加以
修改和損壞，豈不是犯了大罪？

我的詩本來就沒有甚麼目的，
除用以裝飾你的天賦和俊美；
當你攬鏡而照，你的鏡子較我
寫出的詩所表達的要多得多。

題解：詩人對愛友解釋自己沉默的原因，我不能把愛友的主題多加修飾，但比起我讚美的題旨卻有更多的價值。鏡子裏的人超過我生硬魯鈍的詩作，使得我羞恥，令我的詩黯然。當你攬鏡而照，鏡裏顯現的我比寫出的詩要更加花團錦簇。

104

對於我，俊友，你永遠不會顯老，
自從我第一次遇到你的眸子，
你仍然是那麼俊美，打林杪
三個嚴冬颳掉三個美的夏日，
三個陽春都化為萎黃的秋天，
我看見了一系列時序在遷徙，
四月的芳馨三度被六月曬蔫，
自從我看見你，你仍俊美如昔。
啊，不過美也會偷偷溜走，就像
日晷的臂在移動，不為人察知；

你的愛，雖然我想它不會消亡，
　也會瞞過我的眼睛，悄悄流失；
　　怕就怕在這兒，後生啊你且聽，
　在你降生前，美的夏天已凋零。

題解：詩人告訴愛友，咱倆初見後雖然已幾經寒暑，過了整整三年，但你仍俊美如昔。不過美也會瞞住眼睛，偷偷地溜走，再悄悄地流失。儘管這樣，在你降生前，美的夏天已不復存在。

105

不要把我的愛稱為偶像崇拜，
也不要把我的愛人當成偶像，
儘管我唱的歌和讚頌都不外
獻給一個，讚美一個，永不變樣。
我的愛今天善良，明兒也如是，
在一種奇異的美中永遠不變；
故而我的只讚美忠誠的頌詩，
僅僅表達一事，而摒去了紛繁。
真善美就是我的全部的主題，
真善美化作各各不同的文采；

我的想像就用在這種變化裏——
三題合一，產生了奇瑰的題材。
真善美常自個兒生活在一起，
到眼下，這三位已各踞於一席。

題解：詩人的詩都是獻給他的愛友一人，但他不想把自己的愛稱為偶像崇拜，也不想把自己的愛人當成偶像。他的真善美成了我全部的主題，化作我各各不同的文采，聖父、聖母和聖靈三題合一，遂產生奇瑰的題材。

106

當我閱遍了昔日的編年記載，
看到關於最美的人物的描述，
美使得古老的詩歌斑斕多彩，
歌頌可愛的騎士、已死的貴婦，
在美人所擁有最美的記載裏，
有怎樣的手足、嘴唇、眼睛、眉毛，
我看見那古老的筆觸顯示的
恰恰是你眼下所稟有的美貌。
因此他們讚嘆的一切不過是
對今天你的姿容的一個預言，

所以他們憑猜測的眼睛注視，
卻沒有妙諦把你的價值展現；
至於我們，有幸能夠看到今天，
有眼睛驚奇，卻沒有舌頭讚嘆。

題解：詩人說古人描寫美人其實就是預言他的愛友今天的姿容，不過他只預見了愛友的美，卻不曾有妙諦把他真善美的價值展現；美人所擁有的最美的記載，即有着怎樣的手足、嘴唇、眼睛和眉毛，他瞪着眼睛感到驚奇，卻沒有舌頭去讚嘆。

107

無論是我的畏懼，還是夢想的
未來的廣大世界先知的靈魂，
都不能為我的摯愛定下限期，
儘管它將毀滅於命定的時辰。
人間的月亮已經忍受過月蝕，
陰慘的占卜嘲笑自己的預言，
無常眼下使自己變得了確實，
和平宣告橄欖枝葉永遠新鮮。
眼下，發出最芳香時令的雨滴，
我的愛清新，死神也向我投降，

既然我活在這蹩腳的詩行裏，
讓它褻瀆遲鈍而無言的群盲。
你將在詩中尋得你的紀念碑，
當暴君的頂飾和銅墓被摧毀。

題解：本詩是莎翁十四行詩中最艱澀和費解的一首，如「人間的月亮」、「忍受過月蝕」、「無常眼下使自己變得了確實」等等詩句，既寓有彼時的各色典故，令歷來註家各有所據，不知所云，其難度有甚於唐代詩人李商隱的無題詩。詩人強調的，他的詩可以令死神屈膝投降，讓愛友在詩中尋得永恆的紀念碑。

108

腦子裏還有甚麼能形諸筆墨，
它不曾向你表達出我的真意？
有甚麼新的可說，又記下甚麼，
用以表達我的愛和你的品質？
沒有呀乖乖。但是猶如去祈禱，
我必得每天把同樣的話重述；
你是我的，我是你的，老話不老，
有如當初我在膜拜你的名譽，
永恆的愛被愛的新匣子盛載
不致蒙上塵土，被歲月所污損，

不肯讓位給皺紋，它定將到來，
反而使老年永遠當他的僕人。
儘管時間和外表都讓愛消逝，
愛最初的觀念仍產生着愛意。

題解：詩人已向愛友用詩表白了自己的心，但仍每日重複已說過的話，甚麼你是我的，我是你的，總之老話不老。就像當初我在膜拜你的名譽，我永恆的愛被愛的匣子盛載着，愛最初的觀念仍產生着愛意。

109

啊，請不要說我曾經有負於你，
雖則那離別好像減卻了熱情。
正如我難以擺脱自己的身體，
我也離不開你胸中我的魂靈。
你的胸是我愛的家，我像浪子
一般到處飄遊，這會兒才回歸，
正是時候，不曾因時間而轉移，
我自己帶來洗滌錯失的清水。
別相信，雖然我的天性被賦予
所有人都稟有的積攢的弱點，

它竟至於如此墮落地被玷污，
竟為虛無而摒棄了你的美艷——
我召喚説，廣袤的世界已隕滅，
只有你，我的玫瑰，你是我一切。

題解：詩人對愛友説，儘管他倆離別時，沒有法子時時證明他對愛友的愛，但他絕不變心。即使詩人偶或對他人產生過興趣，比起他對愛友的愛來，廣袤的世界也已隕滅，只有你，我的玫瑰，你是我一切。

110

呀真的，我曾經這裏來那裏去，
穿上花衣服任憑旁人去賞玩，
刺傷自己的思想，賤買那寶物，
用新的感情去冒瀆舊的情感。
這確然是真的，我乜斜着眸子、
冷冷打量着貞節，蒼天啊蒼天，
這種種不貞令我重尋得春日，
我屢遭不幸才證實你的繾綣。
都過去了，把我無盡的愛接受，
我永不會在新的考驗中激起

另一腔熱情，而去考驗老朋友，
那拘押着我、為我所愛的神祇。
迎接我吧，僅次於天堂的地方，
把我迎到你至親至純的胸膛。

題解：詩人承認，他曾經與他人交往，這才發現兩相比較之下愛友最經得起考驗。因此他來到的地方僅次於天堂——「你至親至純的胸膛」。此詩未免溢美，而且與前作相牴牾。花衣服，西俗小丑穿的戲服。

111

啊，請為我把命運女神去怒叱，
她的錯失造成我的不端品行，
拒為我的命運提供更多支持，
靠公共方式養成公共的習性。
由於我的名字被打上了印記，
我的天性差點兒就屈服於我
操持的職業，猶如染匠的十指。
那麼你原諒我，希望我能復活，
而我則像聽話的病人，喝下醋，
要治癒那身患的痼疾和沉痾；

任何的苦藥我都不嫌其味苦，
甘受雙重的懲罰也絕不悔過。
請原諒我吧愛友，我向你擔保，
你憐憫我就足可以把我治好。

題解：詩人怒叱命運女神，她的錯失造成了自己的不端行為，詩人怨恨命運女神薄待自己一至於斯。「公共生活方式」指的是依靠公眾情趣的謀生方式（指舞台生活生涯）；「公共的習性」即大眾低俗的德行。詩人懇求愛友原諒和憐憫自己。

112

你的愛情和憐憫，能把烙在我
前額上人所共知的恥辱抹去；
既然你已彰我的善，隱我的惡，
則我何須要關心他人的毀譽？
你是我的整個的世界，我只須
從你了解對我的恥辱和讚嘆；
別人於我、我於別人都是死物，
難令我的硬心腸脅從或改善。
我把對別人嚷嚷的擔心，拋在
深淵裏，那蝰蛇似聾聵的耳朵

對批評和阿諛全都不予理睬，
記住我怎樣原諒自己的冷漠：
你在我心裏盤踞得如此堅實，
除你之外整個世界一片荒瘠。

題解：愛友把烙在詩人前額上的恥辱一筆抹去（喻洗雪他人的惡意中傷），兩人又和好如初。因此，在他重獲愛友的友誼或愛情後，他把愛友看作是整個世界，對一應批評和阿諛都不予理睬。莎翁的後輩、詩人托馬斯．查特頓（Thomas Chatterton）寫有如下意思大致相同的句子：「甚麼是愛情？愛情是大自然的珍寶，是歡樂的寶庫，是最大的愉快，是從不使人生厭的祝福。」

「那蝰蛇似聾聵的耳朵，」見《舊約．詩篇》五十八篇，《和合本》譯作「他們好像塞耳的聾虺」（Like that of a cobra that has stopped its ears.）。既聾則何必「塞耳」？

113

離開你後，我的眼睛在我心中，
於是這一隻導我前行的眼睛
放棄它的官能，變得矇矇矓矓，
好像看得見，實際上全看不清；
它看得到的鳥兒、花朵的形狀
和影像，再不往他的心裏傳遞。
那在眼前閃過的再不存心上，
目光也留不住它逮到的東西；
倘見到粗鄙或最優雅的景象，
最甜蜜的笑容或殘缺的肢體，

見到白天和黑夜，山嶺和海洋，
烏鴉和鴿子，全變成你的樣子。
心裏充滿了你，沒辦法再增加，
我真誠的心使得眼睛變虛假。

題解：詩人在詩裏寫的是離別後思念的殷切之情，竟至於除愛友外，一無所見，連白天和黑夜，山嶺和海洋，烏鴉和鴿子，都變成了他的影子。法國女作家史塔爾夫人（Madame de Staël）的小說《阿莉娜》（*Corinne ou l'Italie*）有近似一說：「愛情是永恆的象徵，它混淆一切時間概念，使人忘記開始，害怕結束。」

114

究竟是我的心，有了你便稱王，
吞下帝王的瘟疫，這一種阿諛？
還是說我的眼睛說出了真相，
是我的愛教會它們的煉金術——
使得每一種怪物和未成熟的
事體成為有似你的甜蜜天使，
使得每一個壞的變得最瑰麗，
像放到他眼前的光一般迅疾？
啊是前者，是我的眼睛的諂媚，
我莊嚴的心帝王般一飲而盡。

我的眼睛知道他愛好的口味，
遂按他的口味調好這杯飲品。
如果杯中有毒，它的罪並不大，
我的眼睛愛它，率性把它飲下。

題解：詩人說，究竟是對詩人的阿諛還是由於愛友的愛令詩人的眼睛學會了煉金術？他說是前者，即使阿諛有毒，自己也要一口飲盡。所謂「眼睛的諂媚」，指的是雙眼所見一律轉化為愛友甜蜜的天使。所謂煉金術，則是愛情令詩人稟有一種化卑劣為美好的魔法。詩人表述的是英諺「愛是盲目的」（Lovers are blinded by their love）這一理念。

115

我從前寫下的詩全都是謊話，
連我不能更愛你的話也在內。
雖然那時我的理智無從覺察
熾熱的火能發出更多的光輝。
我想到時間，它有無數的變故
爬到盟誓裏，改變帝王的命令，
令聖潔的美黯然，磨鈍了雄圖，
令剛強意志踏上常變的途程──
哎呀，既然我深懼時間的暴行，
為甚麼我不說，眼下我最愛你，

當我從不安定直到趨於安定，
奉當下為至尊，對未來卻置疑？
愛是嬰兒，我不能說這樣的話，
讓它繼續成長，直至完全長大。

題解：詩人說，他過去說的不能更愛你的話是錯了，因為現在他更愛你，以致現在重讀舊作，就顯得不成熟，像在撒謊。詩人問道，為甚麼我不說眼下我最愛你？答曰：不能。因為愛是個嬰兒，還沒完全長大，讓它繼續成長吧。

116

我不承認，兩顆真情的心相愛
會有甚麼障礙。那已不是愛情，
當它發見有人變心就已搖擺，
或者去轉向，以移情對待薄倖。
啊不，愛情是永恆不變的標誌，
它正視風暴，但從來不曾改變；
它是星星，照耀着飄搖的船隻，
高度可以量度，價值無從測算。
愛不是時間的玩偶，雖則粉頰、
紅唇，終究擺脱不了它的彎鐮。

愛絕不隨短暫的韶光而轉化，
即使把它驅逐到末日的邊緣。
如果這些話兒有誰證明是錯，
就算我從沒寫下，也沒人愛過。

題解：詩人認為，兩情相悅，甚麼艱難險阻都不在話下。那些動輒反悔或變心的情人，根本就沒有愛情可言。喜新厭舊，或某方境遇的升遷沉降，往往是情變的重要原因，但真正的愛情決不會因此而變易。北宋詞人柳永有句「衣帶漸寬終不悔，為伊銷得人憔悴」差相彷彿。

117

你這樣責備我吧，事緣我本該
報你的恩情，到頭卻置之不理，
我忘卻祈求你最甜蜜的摯愛，
雖則我對你的眷戀日甚一日；
事緣我常和陌生的心靈過從，
因而浪擲你高價購得的權利；
事緣我張開帆篷把它交予風，
將我從你的視野內飄到遠地。
請把我的任性和錯失給記下，
有了可靠的憑證好增加猜疑；

但勿喚醒你的仇恨把我射殺，
縱把我帶到你蹙額的射程裏，
因此我的申訴說，我急於證明
你對於我的愛是真摯而堅定。

題解：詩人承認自己犯下錯失，太過於任性；但又申訴說：他這樣做是為了證明對方究竟愛不愛他，這愛情是否真摯而堅定。

118

就像我們要增加自己的食慾，
便用酸辣的小吃來刺激味蕾——
就像我們要預防未發的病毒，
因服下了瀉藥而令渾身衰頹——
同樣，飽飫你永不膩味的甘汁，
我便把苦醬作為果腹的糧食；
厭倦了健康，尋找一種適合的
病症，雖則還不到生病的時日。
如是，為了預防未發作的病痛，
愛的策略遂成為真實的錯失，

把健康的身體帶到藥石之中，
使之饜足善，而讓惡加以救治。
但我因此獲得了真正的教訓，
藥石毒殺了那個厭倦你的人。

題解：詩人在本詩懺悔：他曾背着愛友與他人來往，把這當作小吃和藥石，用以刺激味蕾，預防未發作的病痛，把惡救治。但眼下詩人發現，這種來往不但毫無用場，而且往往有毒。

119

我曾經飲下塞壬眼淚的毒液，
像從地獄裏蒸餾出來的污水——
把畏怯當希望，把希望當畏怯，
自以為得計，其實不斷地敗潰！
我的心犯下何等悲慘的錯誤，
在它自以為無比幸福的時刻！
我的眼睛怎樣從眼眶裏跳出，
當我被這種瘋狂的熱病磨折！
惡的好處在，眼下我終於發見，
善，的確能因了惡而變得更善；

失敗的愛，一旦當它重新搭建，
遂變得更美麗、更堅強、更莊嚴。
因此，我被譴責反而更感滿意，
由於惡，我所得是三倍於所失。

題解：塞壬（Sirenes），希臘神話中半人半鳥的女妖，有說是二人，有說為三人，她們居住在地中海的海島上，用迷人的歌聲誘惑航海者，令他們成為犧牲品，事見荷馬史詩《奧德賽》。

詩人喝下賽壬的毒液，犯下了悲慘的錯誤，患上瘋狂的熱病。一旦他把失敗的愛重新搭建，愛便變得更美麗、更堅強、更莊嚴。

120

你曾對我發狠，現於我卻有益，
只因想起了昔日感傷的悲愴，
我必得因錯失而俯下了額際，
除非我用銅或鐵鑄就了心腸。
如果你曾被我的狠心所搖撼，
一如我承受這地獄般的時日，
但我這暴君沒有富餘的時間，
來計量你的罪行予我的打擊。
啊，我們不幸的夜將時時銘記
在我的心，真悲哀猛烈地襲來，

一如你向我，我旋即向你傳遞
低賤的油膏醫治受傷的胸懷！
但你的錯失眼下變做了贖款；
我的贖你的，你的也把我贖還。

題解：詩人說，愛友過去曾對自己發狠，他撂下的狠話，眼下對詩人反而大有裨益，它可用以抵消詩人最近對愛友的冷淡。事件相互抵消，因而得到無情的錘煉，這樣愛遂變做了救贖的款項。

121

寧可邪惡，也勝似被視為邪惡，
既然清白無辜竟被視為罪過，
不憑我們感受，但憑別人察覺，
被判為合理的樂事已然失落。
為何他人那虛偽淫穢的眼睛，
向着我熱情的血液致以敬禮，
為何弱者竟要窺探我的心病，
還把我認為好的硬說成壞事？
不是，我就是我，他們對我加以
謾罵，適足以證明他們的不端，

我本正直，儘管他們渾身邪氣，
他們的淫思全不能把我表現。
除非他們堅持犯罪不能倖免，
人人盡惡，用他們的惡來規管。

題解：這首詩頗為艱澀，歷來有各種不同詮釋，筆者這裏聊備一說。詩人受他人謾罵感到苦惱，而對抗謾罵的唯一法門即我行我素，不予置理；儘管他們渾身邪氣，行為不端，我都堅執正道以行。

122

你贈予的小禮品手冊在我的
腦子裏滿滿地寫着，深鐫難泯，
這一切將淩越於無用的字紙，
超過所有的時限直至於無垠——
或至少壽命長如心靈和腦子，
還能仰賴自然的力量而苟活——
只要這兩者不曾把你給忘記，
你的記錄將永遠不致被湮沒。
可憐的手冊難以把這些記錄，
我不須籌碼記下對你的琦思。

所以我大着膽子把手冊扔去，
把你交給更能接受你的本子。
要靠附助物才把你記在心上，
豈不是說對你我也同樣健忘？

題解：愛友贈詩人一本小禮品手冊，但被詩人給扔掉了。他解釋說，他不須籌碼來保持住對愛友的琦思，因為手冊所寫的種種都刻在他的腦海裏了。籌碼（tallies），用以計數的籤籌。

123

不，時間！你不能誇口說我在變，
你縱然有力量重建起金字塔，
這對於我既不奇怪，也不新鮮；
那不過是舊風景披上新大褂。
我們的時日無多，所以要歌唱
你冒充新的擲給我們的舊貨，
寧可使它們合乎我們的願望，
也不肯相信以前曾聽人說過。
你和你所記錄的我全看不上，
對於現在和未來也毫不驚奇；

你的記錄和我所見全是撒謊，
或多或少是你在匆忙中編織。
我這樣去宣誓，以後亦復如是，
我將斷乎不懼你的鐮刀和你。

題解：詩人要向時間挑戰，他又重複着「循環説」（見第五十九首）。舊的已去新的又來，事緣我們的時日已無多，所以要歌唱冒充新的擲給我們的舊貨。事實上，時間的流逝不曾帶走了甚麼，你和你的記錄他全然看不上，對於現在和未來也一點兒不感到驚奇。他宣誓，他全然不懼時間和時間的鐮刀的砍殺。

124

倘我的真愛只是權貴的苗裔，
它就會是命中無父的私生子，
或為時間鍾愛，或為時間鄙棄，
或與莠草或與佳卉一同搜集。
不，它居住於遠離偶然的住家；
面對微笑的境遇它不受摧殘，
它為痛苦所束縛，也不曾倒下，
我的時尚召喚對束縛的憤懣。
它不怕那在短租約內圖私利、
經由異教徒之手施行的權術，

它不因熱萎縮，不被霪雨淹死，
它獨自站着，時時在深思熟慮。
被時光愚弄的人，作我的見證，
你們一生作惡，卻以善而喪生。

題解：本詩晦澀難解，同樣只能聊備一說。詩人對愛友之愛並非攀龍附鳳，否則這愛便成了命中注定無父的私生子，意謂攀附權貴非愛之緣由。詩中「它不怕那在短租約內圖私利、／經由異教徒之手施行的權術」，這是用地租術語喻多變和偽善，意謂忠貞之愛無懼多變和偽善。

125

這於我何用，即使把頂篷高舉，
用表面的恭維維持你的體面，
或為永恆奠定了偉大的基礎，
但這比荒涼和傾圮更其短暫？
難得我不曾見過外表的租戶；
付出太多的租金卻一事無成，
捨掉真味去追求攙合的甘腴，
貧困的富人在凝視度過餘生，
不，讓我對你的心靈長葆忠誠，
收下這份菲薄而真誠的獻禮，

它不攙雜次品，也不懷有二心，
我僅用以向你傳送我的敬意。
滾開吧，你這誣告兼發假誓的！
你愈指責，你的心愈不為所制。

題解：華蓋（canopy），王公貴族巡幸時侍從高舉着的傘形遮蔽物，一以壯行色，二以遮陽擋雨。詩人自貶為侍從，用表面的恭維維持愛友的體面，為永恆奠定偉大的基礎。他的愛不因對方美貌的衰退而消滅。

126

你啊，我可愛的孩子，你控制了
時間易變的沙漏，時光的鐮刀，
你在枯萎中發榮，顯示出你的
情人在凋零，而你仍茁長不已——
如果自然，那統管盛衰的主宰，
在你往前走時卻把你拽回來，
她挽留你只為了用技術貶黜
時間，把可憐巴巴的分秒殺戮。
啊，你雖為她寵愛，卻仍須驚懼；
她可以暫存卻不能永保財富。

她的賬雖延期，終有總算一日，
要清償債目，她只有把你放棄。

題解：本詩僅十二行，由六對押韻的對句組成，至於這首顯然非十四行詩的短章何以攙雜在十四行詩的集子中，不得而知。詩人警告愛友說，由於自然，那統管盛衰的主宰，在你變衰老時把你拽了回來，使你得以延長時間，永葆愛情。

127

在從前，黑的膚色算不上美麗，
就算它美，也擔待不了這名字，
但眼下，黑合法地把美給承繼，
美反倒背上了私生子的惡謚；
自從每個人濫用自然的力量，
用矯飾虛假的臉把醜化為美，
甜美失去名聲和神聖的殿堂，
倘非活在恥辱中，就是被詆毀。
因此我情人的眼睛黑如渡鴉，
她的眼睛披上黑衣，像在哀泣

那生來就不美、但美並不匱乏、
用虛假的判斷貶黜自然的人士。
但哀泣如此適合他們的悲傷，
每個人都説美就是這副模樣。

題解：從這一首詩開始，詩人吟詠的對象改為一個黑皮膚、黑眼睛的女郎。這組詩訖於第一百五十二首，共二十五首。過去，皮膚黝黑被認為是醜，眼下，黑膚色因化妝而變作美，這就是「用矯飾虛假的臉把醜化為美」。女郎的眼睛為此而「披上黑衣」（滿目淒然之謂）。這組詩與第一組詩有所不同，後者詩人對美少年極讚美之能事，前者對黑膚女郎褒中帶貶。

128

我的音樂，多少次，當你彈奏出
旋律，那些幸福的琴鍵，它們被
你的溫柔的手指輕輕地撥觸，
那琴弦的和聲令我為之心醉。
我妒嫉那些琴鍵，它們敏捷地
一跳而起，輕吻你纖纖的指頭，
而我可憐的唇，本應把這收刈，
卻紅着臉站着看琴鍵的挑逗。
它們多麼魯莽，我的唇巴不得
要和躍動着的琴鍵互換位置，

你的手指在它們的身上飛掠，
使得槁木比活的唇更有福氣。
既然放肆的鍵因此獲得歡樂，
把你的纖指給它們，把唇給我。

題解：幸福的琴鍵，指的是維金納琴（Virginal，十六至十七世紀一種方形無腳的古鋼琴），又稱處女琴。因它的琴鍵經常承受少女纖指的撫摸，故云幸福。詩人妒嫉琴鍵，希望成為親吻女郎纖指的琴鍵。但眼下最想做的卻是親吻女郎櫻唇的男子。美國詩人埃茲拉·龐德（Ezra Pound）的詩作《少女琴》（A virginal），同以此物為標誌。它說：「不不，離開我，我有一股清香，／柔美如樺木叢中的春風陣陣，／嫩芽生綠意，在樹椏中的四月，／有如她的素手止住冬天肆虐，／有着與這棵樹相彷彿的芬芳，／這少女的時光潔白猶如樹身。」如果說莎翁之作是典型的古典詩作的話，那麼龐德使用的則是某些現代派即意象主義的手法。

129

精神消失在帶來恥辱的荒靡，
當情慾在行動，而情慾未行動，
它已在發假誓、屠殺、流血，滿是
野蠻、暴力、粗魯、殘酷、不守信用。
一旦它嘗到歡樂，隨即便蔑視，
不講道理地追求，旋即便不講
道理地憎恨，像吞下魚餌似地，
其目的是使吞魚餌的人發狂；
瘋狂地追求，同樣瘋狂地佔有，
不管已有、未有、將有，總之不放，

感受時真高興，完事後盡發愁，
事先歡欣鼓舞，事後一枕黃粱。
一切世人盡知，但無人知怎樣
躲開這個引人進地獄的天堂。

題解：詩人説，社會的所有敗象源於放縱的情慾，它發假誓、屠殺、流血，充滿野蠻、暴力、粗魯和殘酷，不守信用。這話失之偏頗，不如中國的古訓來得深中肯綮。正如《尚書·太甲中》所云：「慾敗度，縱敗禮。」度者，法度也，縱者，放縱也，儀者，禮儀也。又如《尉繚子·治本》「慾生於無度，邪生於無禁。」

130

我的情人的眼睛比不上太陽——
比起她的唇兒珊瑚要更鮮紅——
倘雪是白的，她的乳房呈棕黃——
如髮為銀絲，她頂上黑髮蓬鬆。
那織錦也似的玫瑰紅裏透白，
她的臉頰幾曾見玫瑰的俏麗，
有數種芳香使得我欣喜滿懷，
更勝似我的情人吐出的氣息。
我愛聽她的傾訴，然而也深信
比起這些絮語音樂要更動聽；

當我的情人踏着步款款而行，
我承認，我所見的絕不是女神。
但蒼天在上，我敢說我的情人
比任何瞎捧的美女要更優勝。

題解：儘管詩人們把他們的情人吹捧得天花亂墜、美不勝收，但在詩人看來，她們總不如情人來得那麼純真樸實，任何被瞎捧的美女更不如情人來得優勝。她的臉頰像玫瑰般俏麗，吐出的氣息溫軟馥郁，踏着款款而行的步子。五言詩《擬西北有高樓》詩有句云：「佳人撫琴瑟，纖手清且閒，芳氣隨風結，哀響馥若蘭，玉容誰得顧，傾城在一彈。」與本詩若合符契。

131

就憑你這個模樣，也驕縱蠻橫，
一如美人們因高傲變得冷酷；
為的你知道我愛得盲目的心
把你視為最美、最珍貴的寶物。
真的，有人說你的臉蛋不曾有
如斯的力量，令愛發一聲哀號；
我不敢貿然說他們太過荒謬，
雖則私下裏發誓說他們錯了。
而且證實我發的誓信非過譽，
一想及你的臉，便有千百聲的

嘆息紛然而至，是為此中證據，
依我的判斷，你的黑臉最俏麗。
你一點也不黑，除卻看破行藏，
就為了這個才致產生出誹謗。

題解：詩人對情人說，儘管你算不得美，但看去仍是一副驕縱蠻橫的模樣。我愛得盲目，在我看來，你的黑臉固然俏麗，卻一點兒也不黑。儘管深顏色的皮膚為人詬病，但仍然是最美、最珍貴的寶物。

132

我愛你的眼睛，它們也憐憫我，
知道你的心用輕蔑令我痛苦，
披上黑喪服，成為愛的哀悼者，
用美麗的憐憫凝視我的痛楚。
那天空中的朝陽裝飾着東方
青色的臉龐，那為夜的先導的
金星給靜謐的西方捎來明光，
但是，這種種又何曾能相比擬，
與你臉頰上泫然欲涕的眼睛。
啊，既然悲哀為你平添了風姿，

但願你的心也像眼睛般憐憫，
令你的憐憫配上全身的服飾。
美的自身是黑，我將如是賭咒，
一切與你膚色相悖的都是醜。

題解：情人的眼睛漆黑，故而說它們「披上黑喪服」，成為愛的哀悼者。與你臉頰上泫然欲涕的眼睛相比，它被平添一種悲哀的風姿。情人的黑膚、黑髮和黑眼睛就是美，反之都是醜。詩人耽愛情人，以致反黑為白，化醜成美。

133

將那顆使我呻吟的心靈詛咒，
為的它使我和愛友渾身瘡痍。
難道僅僅折磨我它還不足夠，
非得令愛友奴隸似的受苦役？
你的冷眼早把我從自身勾離。
你把第二個我也牢牢地霸佔。
我被他、被我自己、被你所背棄——
如是遂三三九倍地橫遭磨難。
把我的心在你的鐵心中拘押，
好讓我的心保釋愛友的心靈，

無論誰看管我，都讓我保護他，
你不會在我的監獄裏太狠心。
你還是會狠心，我被你所幽囚，
我和我的一切統統被你佔有。

題解：詩人向情人求愛失敗，但不曾絕望。他責備她不該勾引愛友，遂挺身而出保護他，而自己甘受囹圄之苦。這樣做，愛友當然極力反對，故而他說自己橫遭女郎和愛友三重三三九倍的磨難。

134

眼下，我既已承認他是屬於你，
並按你的意旨把我當抵押品，
我寧願你沒收我，好讓你開釋
另一個我，使得我從此獲寬心。
但你不肯放，他也不願被開解，
只因你貪婪，而他是個實心腸；
他像個保人般在契約上畫押，
因了那契約，他反被牢牢捆綁。
行使美賦予的權力到處誅求，
你這想盡了法子牟利的債主，

去控訴那因我而負債的朋友，
我失去了他，只為我於他有負。
我失去了他，你卻佔有他和我，
他還清了債，我仍未能獲解脱。

題解：本詩雖為情詩，但夾雜着大量法律和商業用語。如「抵押品」，「在契約上畫押」，「想盡了法子牟利的債主」，「負債」之類。女郎用美征服了詩人和愛友，詩人為愛友作抵押，想把愛友從女郎那兒保釋出來，後者佔有了詩人和愛友，詩人還清了債，但他本人仍未能解脱。

135

倘若女人有指望，你該有心願，
有着過多的心願，剩餘的慾望；
這心願太多，我時時把你糾纏，
因而加入到你的可愛的志向。
你的心願這樣宏大寬敞，難道
不容許我把心願潛藏於其間？
難道他人的心願這樣的美好，
而我的心願你偏就不屑一看？
茫茫大海，尚且時時承受雨點，
以便令自己的貯藏再添份量；

你的心願彌多，該把我的心願
添上，使得你的心願更加多樣。
別讓無情的「不」把求情者殺死；
讓諸願（我也在其中）合而為一。

題解：本詩和第一三六首攙雜着大量的雙關語，它們圍繞着 will 一字做文字遊戲，據學者考證，will 有多解，一作 wish；二作 lust；三作 sex organ；四為 William，William 既是莎士比亞本人的名字，他的朋友中也有不少 William，中文譯文不可能加以表現。詩人懇求女郎加入到他可愛的志向中，不讓冷冷的拒絕殺死求情者。

136

倘你的靈魂罵你我走得太近，
對你的瞎靈魂說我是你心願，
靈魂認識心靈，讓它走進心靈；
為了愛，滿足我的求索，心肝。
心願將充滿你的愛情的寶藏，
用心願充滿它，我僅僅屬一個，
憑經驗就知道，這巨大的容量
再加進一個委實算不了甚麼。
在諸多心願中我不須再算計，
儘管在你的賬目中我算一個，

你不必把我當一回事，儘管你
不當我一回事，仍當我甜心兒。
把我的名字當你的愛情，永遠，
你愛我，只因我的名字叫威廉。

題解：本詩同樣圍繞 will 一詞兜兜轉，但主要用於詩人的小名。語義淺白，無非說的是永遠把我的名字當愛情，你愛我，只因我的名字是 Will。為叶韻，最後一個 Will 改威爾為威廉。意思雖無大礙，但與原詩微有差別。

137

又瞎又蠢的愛，你對我的眸子
玩甚麼花招，令它們視而不見？
它們認識愛，也看見愛在哪裏，
竟然把那最醜的當作了至善。
倘若我的眼睛被偏見所蒙蔽，
在那人人駛過的大海裏停靠，
為何你用虛幻的眼睛把鈎子
鍛造，用以把我的判斷力繫牢？
我的心明知那是世界的公地，
為何偏認為它是私家的良田？

或竟我的眼睛看見卻說不是，
乃把美麗的真放到醜陋的臉？
我的心靈和眼睛弄錯了實情，
它們眼下遂交出虛偽的病症。

題解：本詩係英諺「Love is blind」（愛情是盲目的）的推衍。詩人責備愛令他盲目，本來他可以辨別甚麼是美，現如今被偏見所蒙蔽，竟無從判斷妍媸。「世界的公地」（common place）喻凡船隻皆可碇泊的公共碼頭，或曰人盡可夫的女人；「私家的良田」（several plot）即旁人不得擅闖或染指的私地。

138

我的愛人發誓説她滿腔熱情，
我相信她，雖則我知道是假話，
讓她以為我還年輕，天真未泯，
不懂人世多的是虛偽的欺詐。
雖則她已知道我的盛年早過，
我卻誤以為她認為我還年輕，
竟天真地相信她如簧的巧舌：
於是雙方都隱瞞簡單的真情。
但為何她拒不承認自己撒謊？
而我又不承認自己已屆老境？

啊，愛的最佳裝飾是隱瞞真相，
戀愛中的老人最忌披露年齡。
此所以我欺騙她，她也欺騙我，
各用謊言把自己的缺陷掩沒。

題解：詩人這時已經不再年輕，但女郎不説他老，這是虛偽的奸詐。同樣詩人不承認自己已屆老境，而認為愛的最佳裝飾是隱瞞真相。這一對情人如此相互瞞騙，用謊言掩藏自己的缺陷不予揭穿，所謂「相信」，純然假話而已。

139

啊，不要讓我原諒因你的錯誤
而加之於我的心靈上的乖戾；
請用舌頭中傷我，不要用美目；
就用力氣來傷我，不要耍詭計
說你愛上他人，當我站在一旁，
小心肝，切勿與他人眉來眼去。
何必用詭計來傷人，你的力量
足夠把我太緊張的抵抗解除。
讓我為你辯護，啊，我的愛明白
她那流轉的美目是我的仇敵，

因此她把仇人從我臉上挪開
讓它們到別的地方射出鋒鏑。
不要這樣，既然我已行將就死，
就用目光射殺我，讓悲苦消弭。

題解：詩人說女郎加之於我心上的一瞥是乖戾，它憑的是力氣，而不是詭計，以致我視之為仇敵。她把仇人從我的臉上挪開，讓它們到別的地方射出鋒鏑。既然我將要死去，就用目光射殺我吧，讓悲苦從此消失。

140

你有多狠心，便有多睿智，別讓
我噤口的忍耐被誣衊得太甚：
否則悲哀要讓我說話，會嚷嚷
我因缺乏憐愛而感受的苦悶。
如果我能教你睿智，愛人，雖則
沒有愛，你最好說還是愛我的；
有如煩躁的病人，當死期向邇，
向醫生討的只有康復的消息。
為的倘若我絕望，我就要發狂，
發狂時沒準兒會把你給謾罵。

這邪惡的世界變得如此骯髒，
瘋狂的耳朵眼下只相信瘋話。
為了我不誹謗，而你不受中傷，
你得直視我，雖則這心已轉向。

題解：詩人恐嚇女郎，假如她令他絕望了，他就會發狂，沒準兒會到處謾罵她。這邪惡的世界變得如此骯髒，瘋狂的耳朵眼下只相信瘋話。可見，詩人耽愛女郎，已近乎瘋癲的程度。

141

說實在話，我不憑眼睛來愛你，
只為在你身上發見上千種瑕疵；
但眼睛藐視，心裏卻充滿愛意，
不管所見者誰，它都深深耽溺。
我聽你的聲音聽得很不舒服；
無論是性感的敏銳觸覺，還是
味覺抑或嗅覺，它們都不屑於
與你一道參加那肉慾的宴席。
但，我的五種心智和五種理性，
都阻止不了這癡心把你服侍，

我失去了主宰，變得徒具人形，
成為不幸的勞僕，雄心的奴隸。
不過從災厄中我也得到好處，
她既令我犯罪，也使得我痛苦。

題解：詩人不用眼睛愛女郎，因為她的身上有着各色各樣的瑕疵，如膚黑、髮黑、乳房發黃等等。詩人縱有五種心智（智慧、想像、幻想、測定和記憶）和五種理性（聽覺、視覺、味覺、嗅覺和觸覺），尚且阻止不了這一顆服侍你的癡心。總之，詩人不徒以外貌取人，心裏充滿的是只有愛意。

142

愛是我的罪孽，恨是你的懿行，
恨我犯罪，只因你在犯罪地愛，
啊，只要把你的境況與我比併，
你當發見不該把我橫加指摘。
就算應該，也不該發自我的唇，
只為它曾褻瀆那鮮紅的風致，
像我的唇，常在愛的假約蓋印，
去劫掠他人出租床笫的收益。
我愛你猶如你愛他人般合理，
你的眼追求他人像我追求你。

當產生憐憫，憐憫植根你心裏，
你的憐憫總應該被人所憫惜。
假如你藏着它竟還向人尋覓，
你便成橫遭別人冷拒的矜式。

題解：詩人說，如果自己的愛是罪孽，那麼她對他的恨就成了懿行。但他看見她願意犯下這種罪孽，即向他人求愛，這樣，他對她的愛就不能算犯下罪孽。她必須憐憫他，才能獲得對他人的憐惜。「像我的唇，常在愛的假約蓋印／，去劫掠他人出租床笫的收益」，我的唇在愛的假約蓋印，有人說偷情的結果，連女郎出賣肉體所得也給剝奪了。

143

看呀，像一個老在操心的主婦，
把一隻準備逃跑的母雞抓回，
撇下她的兒子不管，趕緊開步——
把那隻快抓到手的母雞猛追。
她被遺棄的兒子在後面奔跑，
跟着她大哭大叫，她專心致志，
毫不理會那可憐小兒在哭鬧，
只顧緊追前面飛跑着的母雞：
你也在追趕那準備逃離的人，
我是你的兒子，也在後面窮追；

你一旦抓住了希望，請轉過身，
　做個好母親，吻我，發一發慈悲；
　我將去祈禱，倘你能得償所願，
只要你轉過身，我就不再呼喊。

題解：詩人把女郎當作一個操心的主婦，她準備抓住一隻逃跑的母雞；詩人自喻為主婦的兒子，跟在她後邊哭叫，但女郎才懶得理會這個兒子，因為一旦抓住了希望（母雞），轉過身來，她自然會大發慈悲，讓詩人得償所願。

144

兩個愛人各予我安慰和絕望，
他們像兩個精靈不斷地敦促，
善的天使是男人，他丰神俊朗，
惡的精靈一臉粗黑，儼如潑婦。
這女魔頭為趕緊引我進地獄，
乃把善精靈從我的身邊帶走，
令我的聖人墮落蛻變成鬼蜮，
用醜陋的德行迷惑他的操守。
我的天使究竟變成魔鬼與否，
我兀自懷疑，卻不能準確判斷，

但兩人都離我而去，成了朋友，
我猜一個進了另一個的陰間。
這事我一無所知，只能繼續猜，
直到那惡天使把善者攆出來。

題解：詩人有兩個愛人，一個是善的天使，他給詩人以安慰；一個是惡的精靈，她令詩人絕望。女郎為引我進地獄，遂把善精靈從我身邊帶走。我懷疑兩人都已離我而去，成為情人，甚至一個進了另一個的陰間。有莎學家判定，進陰間（hell），指的是愛友和女郎交媾，因而背叛了詩人。

145

這愛神親自製造的嘴唇，
面對着因她而憔悴的我，
發出了一聲叫喊：我好恨。
一旦她發見我滿臉難過，
她的心靈立時變得哀愁，
大聲叱責那常用以發佈
溫柔的判決的甜甜舌頭；
教它重新再打一聲招呼：
她把我好恨的叫聲中止。
拿這溫柔的白天接上了

夜晚，而夜晚像魔鬼似的
從天堂望地獄之中飛跑。
她拋掉了我好恨的恨意，
救我一命，只為說不是你。

題解：此詩每行四音步，比其他各首少一音步，嚴格說來，只能算是十四行詩的變體。女郎說：「我好恨」，話不曾說完，令詩人十分難過，女郎看見他傷心，便甜甜地補充一句，把我連聲的恨意給中止了，只因一句你不是我，就救了詩人一命。

146

可憐的靈魂寄居我戴罪的身軀，
被打扮你的反抗力量所羈縻，
為何你在其中痛苦，飢腸轆轆，
猶自奢侈地去粉飾你的牆壁？
為何這大廳的租期恁地短暫，
它將倒塌，你仍不惜巨資修葺？
蛆蟲，它將繼承你的這份財產，
全啃掉，這就是你的肉體的皈依？
靈魂啊，靠你的奴僕的損失維繫，
就讓他瘦損，好增加你的貯藏；

拿無用的時間換取永恆的租期；
滋養心靈吧，勿讓外表再堂皇。
如是你便吃掉那吃人的死神，
當死神一死，便不復再有忌辰。

題解：詩人在詩中表達的是靈魂與有罪的肉體的纏鬥。他說，修葺和粉飾肉體實在愚昧，因為這個大廳的租期過於短暫，它很快便要倒塌。好好滋養自己的心靈吧，外表再堂皇又有甚麼用處？只要靈魂戰勝了死神，它就獲得永生。

147

我的愛有如熱病，它老是希望
能把這種疾病延續得更長久，
遂吞吃個不止，好維持病狀，
以滿足那多變而病態的胃口。
我的理智，醫治我的愛的郎中，
因他的藥方不被遵循而氣惱，
撇下了我令我絕望，但我深懂
慾望即死亡，縱有藥石也罔效。
理智不復理會，我也不獲醫治，
我將因那持續的不安而瘋狂，

無論思想或言談都賽如瘋子；
背離了現實，徒然地信口雌黃。
我曾賭咒說你美，認為你嫵媚，
你如地獄般昏暗，黑夜般蒙昧。

題解：詩人說自己的愛有如熱病，因為無法治癒，加以醫治此病的理性不被遵循而絕望。他懂得慾望即死亡，將因持續的不安而瘋狂，背離了現實徒然地信口雌黃。儘管我賭咒說女郎美而嫵媚，但她仍賽如地獄般昏暗，黑夜般蒙昧。

148

啊天，愛給了我怎麼樣的眸子？
它們反映的，不是確鑿的景象！
縱然是，則我的判斷力在哪裏，
竟斷錯它們確曾見過的真相？
倘我模糊的眼睛沉溺於昳麗，
為何世人均說不是這個樣貌？
倘真是不，那愛的眼睛則表示，
愛人的眼睛實不如世人可靠。
它們怎會可靠？啊，愛人的眼睛
淚水盈眶、煩惱不已、徹夜難眠？

無怪乎我看東西老是看不清；
除非天空放晴，太陽才能看見。
啊狡獪的愛，你令我哭瞎雙眼，
省得明亮的眼發見你的缺陷。

題解：這首詩重複的是第一百一十四首和一百三十七首的老主題：愛情是盲目的。當然三詩雕鏤的細節各各不同，否則怎麼會出自莎翁的如椽大筆呢？詩人因愛而淚水盈眶，煩惱不已，徹夜難眠，令上述主題有所深化。用中國的老話來概括「情人眼裏出西施」似乎要更準確。

149

啊狠心人，你能夠說我不愛你，
實情是我聯合你反對我自己？
你這暴君，我沒想你麼？為你的
緣故我已全然把自己給忘記？
有誰憎恨你，我卻稱之為朋友？
有誰對你蹙額我卻加以討好？
更甚者，當你向着我皺起眉頭，
我何嘗不以呻吟向自己回報？
我有何值得自己尊敬的優點，
竟至如此驕傲，不屑侍奉於你，

這會兒，我竭力崇拜你的缺陷，
被你那流轉的媚眼加以統治？
但愛，厭恨吧，我懂得你的心思；
你只愛識穿你的，而我是瞎子，

題解：女郎懷疑詩人不愛自己，詩人竟不惜站到她的立場反對自己。他說為了她，已經全然忘掉了自己，有誰對你蹙額我卻加以討好，甚至竭力崇拜你的缺陷。可嘆的是女郎只耽愛識穿她的人，而詩人對她的錯失卻一無所見。這樣的盲目相愛，已經不能用「情人眼裏出西施」來形容了。

150

啊，你從何地獲得如斯的力量，
即使有缺陷，也能指使我的心？
令我誣稱真確的見聞是撒謊，
發誓說陽光不曾使白天光明？
在你的最為卑劣的種種行徑，
你究用何法能化醜陋為美豔？
你有一種力量和道德的自信，
在我的心令最惡的超過至善？
是誰教你使得我能愛你更甚？
聽得愈多愈明瞭恨你的原因：

啊，雖則我之愛恰是他人所恨，
你不該和他人嫌厭我的處境。
倘了無足道仍激起我的愛意，
一旦我愛你更值得讚美不已。

題解：詩人不知是甚麼力量指使他熱愛女郎，他愛她幾乎喪失了理性，一切反其道而行之：黑白顛倒，妍媸不分，美醜難辨。儘管女郎了無足道，詩人對她的愛意，仍激起前者非理性而近乎瘋狂的激情。

151

愛神太稚弱，不知良知為何物，
但誰不知道良心產生於愛情？
那麼好騙子，別盯着我的錯誤，
免得證明我的錯失有你的份。
只為你出賣我，我把較高貴的
部份也出賣給我粗鄙的肉體；
我的靈魂對着肉體說，他可以
在愛情上獲勝，肉體不屑爭議，
聽到你的名字就勃起，指出你
是他的戰利品，好不得意洋洋，

他甘願當你可憐巴巴的奴隸，
他站着効勞，再倒在你的身旁。
這樣做並不是沒良心，我把她
稱作愛，為了這，我勃起又癱下。

題解：詩人説稚弱的愛神不知良知為何物，但誰不知道良心是愛的產物？女郎不該責備詩人，事緣愛神與肉體沆瀣一氣地出賣了自己的靈魂。本詩在莎翁一百五十四首十四行詩中寫得最直露，甚至説寫得最猥褻也無不可，有翻譯家有意將譯文「淡化」，未免有違譯事「信達雅」之道。美國詩人愛德華・肯明斯（Edward E. Cummings）的十四行詩《我愛我的肉體……》，題旨相近，但要蘊藉、含蓄得多。

152

我愛你，就憑這我已毀了婚約，
你發誓愛我，也兩度違反誓言，
你破壞床頭誓，又把新約撕卻，
你結下新歡，又產生新的嫌厭。
你毀了兩個約，而我背離初衷
二十次卻責備你？這全是假誓，
我全部的誓言於你都是濫用，
我全部的信誓已然盡耗於你。
我曾再三賭咒，說你一片繾綣，
說你愛我、愛得真實、不曾改變，

為了給你增光，我寧願瞎了眼，
或讓眼發誓與所見截然相反，
我發誓說你美，我所見的更假，
面向真相竟說這麼髒的謊話。

題解：詩人承認自己背棄了初衷，而情人竟兩度違反了誓約。這說的是情人先是說自己對他一片繾綣，繼而移情別戀，結下新歡後又產生新的嫌厭。詩人信誓旦旦，為情人開脫罪名，說自己瞎了雙眼，應受責備。他在為情人袒護。

153

丘比特放下火炬，沉沉地睡去。
狄安娜的一個侍女覷準時機，
迅速地把他燃起愛情的火炬
浸入附近山谷那冰冷的小溪，
泉水打這愛的神聖之火借來
永遠不滅的熱力，它兀自燃燒，
成為滾燙的泉水，人們到現在
仍認為這是包治頑疾的靈藥。
我愛人的眼裏燃起愛的火炬
這孩子把火炬一碰我的胸口。

我立時病倒，想求得溫泉救助，
遂匆匆趕去做客，一肚子牢愁。
但全無療效，能治好我的溫泉
在新燃愛火處，我愛人的雙眼。

題解：這一首與第一百五十四首寫的都是神話中的愛情故事，與莎士比亞前面的兩組十四行詩並無關聯。因此有學者認為這兩首詩並非出自莎翁之手。丘比特（Cupid）是羅馬神話中的愛神，長有雙翅，形為小童，故而詩中有孩子一說；狄安娜（Diana）為狩獵女神。

154

小小的愛神有一次睡得很沉，
把點燃愛情的火炬放一邊去，
多位發誓要貞節持身的女神
輕輕地走過，其中最美的信徒
用處女的纖手把火炬給拿走，
火炬燃點過無數忠誠的胸腔；
於是這懷着火熱慾望的魁首
因睡着竟被貞女解除了武裝。
她把火炬放到附近冷泉澆熄，
泉水從愛火取得永恆的熱力，

變成溫泉和醫治人們病患的
有效藥石，但我，我情人的奴隸
來這裏求醫，只獲得如下證明：
愛燒熱冷泉，水不能冷卻愛情。

題解：小小的愛神即丘比特。詩人堅持說，即使愛燒熱了冷泉，泉水仍不能澆滅愛情。

天地外國經典文庫

①**到燈塔去**　［英］弗吉尼亞・伍爾夫 著　瞿世鏡 譯

②**鼠疫**　［法］阿爾貝・加繆 著　劉方 譯

③**動物農場**　［英］喬治・奥威爾 著　榮如德 譯

④**人間失格**（附《女生徒》）　［日］太宰治 著　竺家榮 譯

⑤**美麗新世界**　［英］奥爾德斯・赫胥黎 著　陳超 譯

⑥**都柏林人**　［愛爾蘭］詹姆斯・喬伊斯 著　王逢振 譯

⑦**局外人**　［法］阿爾貝・加繆 著　柳鳴九 譯

⑧**月亮和六便士**　［英］威廉・薩默塞特・毛姆 著　傅惟慈 譯

⑨**柏拉圖對話集**　［古希臘］柏拉圖 著　戴子欽 譯

⑩**愛的教育**　［意］埃德蒙多・德・亞米契斯 著　夏丏尊 譯

⑪ **一九八四**
［英］喬治·奧威爾 著　董樂山 譯

⑫ **老人與海**
［美］歐內斯特·海明威 著　李育超 譯

⑬ **泰戈爾散文詩選集**
［印度］羅賓德拉納特·泰戈爾 著　吳岩 譯

⑭ **荷風細語**
［日］永井荷風 著　陳德文 譯

⑮ **流動的盛宴**
［美］歐內斯特·海明威 著　湯永寬 譯

⑯ **最後一片葉子**
［美］歐·亨利 著　黃源深 譯

⑰ **面紗**
［英］威廉·薩默塞特·毛姆 著　張和龍 譯

⑱ **漂泊的異鄉人**
［英］D·H·勞倫斯 著　劉志剛 譯

⑲ **莎士比亞十四行詩集**
［英］威廉·莎士比亞 著　馬海甸 譯

⑳ **變形記**
［奧］弗蘭茨·卡夫卡 著　謝瑩瑩等 譯

天地
www.cosmosbooks.com.hk

書　　名　莎士比亞十四行詩集（Shakespeare's Sonnets）

作　　者　威廉・莎士比亞（William Shakespeare）

譯　　者　馬海甸

編輯委員會　馬文通　梅　子　曾協泰
孫立川　陳儉雯　林苑鶯

責任編輯　陳幹持

美術編輯　郭志民

出　　版　天地圖書有限公司
香港皇后大道東109-115號
智群商業中心15字樓（總寫字樓）
電話：2528 3671　傳真：2865 2609

香港灣仔莊士敦道30號地庫／1樓（門市部）
電話：2865 0708　傳真：2861 1541

印　　刷　美雅印刷製本有限公司
香港九龍官塘榮業街 6 號海濱工業大廈4字樓A室
電話：2342 0109　傳真：2790 3614

發　　行　香港聯合書刊物流有限公司
香港新界大埔汀麗路36號中華商務印刷大廈3字樓
電話：2150 2100　傳真：2407 3062

出版日期　2019年11月／初版

ISBN：978-988-8548-36-1